講談社文庫

幸福の劇薬

医者探偵・宇賀神晃（うがじんあきら）

仙川 環

講談社

幸福の劇薬

医者探偵・宇賀神晃

1

生白い肌をした若い神官が、紙垂のついた榊の小枝を恭しく差し出した。宇賀神晃はそれを受け取ると、カサブランカを惜しげなくあしらった祭壇に歩み寄った。小枝の根元を向こう側にして、白布で覆われた台に置き、二度礼をした後、音を立てずに二拍手して目を閉じた。この後、祭壇と神官にそれぞれ一礼し、最後に親族に会釈をすれば、たぶん完璧だ。

玉串奉奠は、仏教の葬儀でいえば焼香に当たる。行うのは初めてだが、見よう見まねでなんとかなりそうだ。

瞼の裏に明石幹彦の優しげな顔が浮かんだ。細い鼻の付け根をこすり、目元に笑い皺を刻みながら言う。

――四十路のくせに、玉串奉奠の作法も知らないのか。そんなんだから、出世と縁がないんだな。

――ほっとけ。

心の中で言い返して目を開けると、遺影の中の明石と目が合った。曙医科大学付属病院脳神経科のホームページにでも掲載されている写真なのだろう。白衣の下にネクタイを締め、顎を引き気味にしている。

――猫をかぶりやがって。

言い返してみたが、明石はすました顔を崩さなかった。その瞬間、宇賀神の中で明石の死が現実のものとなった。曙医科大学に入学して以来二十二年間にわたって、憎まれ口を叩きあい、時には励ましあってきた友は、永遠にこの世を去ったのだ。

遺族席に向き直ると、明石の妻の瑞枝がうつろな目をして頭を下げた。和服の袖からのぞく尺骨茎状突起がやけに目立つ。ここ数日で急激に痩せたのだと察しがついた。傍らでは、ぽっちゃりとした男児が、きょとんとした顔で座っている。

いたたまれない気持ちで会釈をすると、自席に戻った。足元に長い髪の毛が一本落ちていた。何気なく蹴とばそうとしたところ、それはつま先にくっついた。足を何度振ってもとれない。こんなふうに、生にしがみつく気力が明石にあればよかったと思いながら、宇賀神は斜め前方に座っている男の後ろ姿をにらみつけた。

脇本新一。脳神経科の教授で、明石の上司に当たる人物である。座っていても体格の良さは際立っていた。ややウェーブのかかった短髪は最近流行のグレーに染めており、礼服の生地はみるからに上等そうだ。一見してひとかどの人物だと分かる。実際、彼は紛れもない成功者だった。

若いころから脳外科手術の名手として知られ、四十代前半で国立病院の脳外科部長に就いた。三年前、曙医大は彼を三顧の礼で迎えた。大学病院の脳神経科は通常外科と内科に分かれているのが、脇本の要望でそれらを一つにまとめ、彼をトップの座に据えたのだ。曙医大に来たのを機に、脇本は前職時代に暇を見つけて手がけていたという基礎研究にも本格的に着手し、目覚ましい成果を上げた。

外科と基礎研究の二足の草鞋を履き、どちらも超がつく一流の医師は、世界を見まわしても稀有な存在だ。気の早いマスコミは、ノーベル賞候補だともてはやしている。しかし、彼こそ明石の死の元凶のように思えてならなかった。

宇賀神の元に訃報が届いたのは、一昨日の日曜だった。一人暮らしのマンションで風呂上がりのビールを飲んでいると、携帯電話に着信があった。大学病院時代の先輩医師の斉田からだった。斉田は、挨拶もそこそこに今さっき、明石が亡くなったという連絡が入ったと言った。通夜と葬儀の日取りや場所を事務的に告げると、斉田は電話口で声を潜めた。

「自殺だってさ」

土曜の早朝、奥多摩湖でバス釣りをしていた釣り人が、湖面に浮かんでいる明石の遺体を発見したそうだ。

「まさか。自殺なんかするタイプじゃないですよ」

「医者とは思えない台詞だな。過労状態が続けば、誰だって精神的におかしくなるのは常識だろ。しかも脇本教授はああいう人だ」

「パワハラ気味だと聞いたことはあります。医局員を罵倒するのは日常茶飯事で、徹夜や休日返上を当たり前のように求めるとか」

「そうなんだ。去年の秋以降、要求はいっそう過酷になり、しかも明石に負担が集中した。あんなスケジュールで手術をやらされたら、誰だって潰れるよ」

「どうしてそんな事態になったんですか？」

「脇本教授が、アルツハイマーの特効薬を開発しているのは知ってるか？」

「去年の秋に臨床研究の成果を発表していましたね。DB−1とかいいましたっけ」

正式名称は、ディメンジア・バスター−1。臨床研究の被験者はわずか三人だったが、家族の顔すら分からなくなり、徘徊を繰り返していた人が、ほぼ完全に自分を取り戻したというから驚きだ。臨床研究の前後のＭＲＩ画像にも、その違いがはっきり表れていた。患者に特徴的な脳の萎縮が、大幅に改善していたのだ。

　脇本教授は、曙医大に転じる前に勤めていた国立病院で、診療の片手間に手がけていた研究で脳神経の再生を促す物質を発見した。その物質がＤＢ－１の元になっている。三年前に曙医大に転じてから、若手研究員とともに動物実験を開始。瞬く間に臨床研究にまでこぎつけた。作用機序は完全に分かっていないが、脳内の神経細胞の情報伝達を活発化すると同時に、壊死した神経細胞の再生を促すようだ。

「去年の秋に放映された全日放送のドキュメンタリー番組は見たか？」

「はい」

　ハイライトは、臨床研究の被験者が、自宅で家族を相手に軽口を叩く様子をとらえた動画だった。顔はぼかしてあったが意識は明瞭で、同じ人物が、妄想や徘徊で家族を苦しめていたとは、とても思えなかった。

「あれ以来、マスコミが連日のように取材に押し寄せて、脇本先生は手術どころじゃなくなったんだ。そのしわ寄せが明石にいった」

　脇本は、動物実験の段階から、マスコミを使って派手に成果をぶち上げてきた。臨床研究の成功を受けて、どういう状況になったのかは想像がついたが、解せないこともあった。明石は助教である。彼の上には、准教授や講師がいるはずだ。

「脳神経科のほかの連中は、何をやってたんですか？」

「外科系は、准教授も二人いた講師も年末に辞めた。脇本先生がああいう性格だからついていけないと言って、系列の別の病院に移ったんだ。内科系は教授の下は、講師一人でそもそも手術の役に立たん」

「だったら、その講師に、ＤＢ－１関連の仕事を任せればよかったんだ」

「それは無理だな。お前も知ってるだろ。朝比奈さん……。ＤＢ－１の研究チームからも外されているらしい」

朝比奈安江。前任教授時代からいる陰気な女性ドクターだ。家庭の事情が何かあったようで今からおよそ十年前、二年ほど曙医大を離れていた。そのせいもあるのか、研究業績はパッとせず、脇本の着任と同時に辞めさせられるという噂もあった。

「明石も自分一人では無理だと分かっていたはずだが、脇本先生から今年の秋に准教授に引き上げると言われたそうなんだ。それで無理を重ねてしまったんだろうな。精神科で睡眠薬の処方箋をこっそり出してもらっていたとかいう噂もある」

「だったら、明石は脇本教授に殺されたようなものですね」

宇賀神が言うと、斉田は声を荒らげた。

「いくらなんでも言い過ぎだ」

「使い倒され、潰されたのは確かでしょう。脇本教授の責任を追及するべきでは？」

斉田はうんざりしたように、ため息をついた。

「DB－1は、実用化間近なんだぞ。大勢の患者や家族が待っている。そんなときに、脇本教授を雑事で煩わせるわけにはいかないだろ」

雑事という言葉にカチンときた。

「そんな言い方はないでしょう。明石は亡くなったんですよ」

宇賀神の剣幕に恐れをなしたのか、一瞬口ごもった後、斉田は謝った。

「すまん。言葉が過ぎた」

あえて言うなら、明石は夢の新薬の犠牲者だと斉田は言った。

「不運だったということだ。ただ、お前、いずれ戻るつもりなんだろ？　だったら、脇本先生云々という話は、他言しないほうがいい」

「しかし……」

「俺なりに、お前を心配してるんだぞ。素直に忠告を聞いとけ」

恩着せがましく言うと、斉田はそそくさと電話を切った。

その夜は、コンビニエンスストアで買ったビーフジャーキーをつまみに缶ビールを三本飲んだ。小腹が減っていたので、寝る前に冷凍うどんをレンジで温め、生醤油にチューブ入りの生姜を加えて食べた。

翌日は勤務先の淀橋診療所で、いつものように年寄りたちに血圧やコレステロールの薬の処方箋を書いた。その後、別居中の妻の杏子と新宿駅の改札口で待ち合わせ、持ってくるように頼んでおいた礼服を受け取った。妻とは一分足らずで別れ、駅前のビルの地下にある焼き鳥屋のカウンターで晩酌セットと焼きおにぎり二つを三十分で平らげ、マンションに戻って缶ビールを二本飲んで寝た。

訃報を聞いてからさっきまで涙は一滴も出なかった。出る気配すらなかった。現実を認知できていなかったのだと思う。今は違った。悲しみと口惜しさで胸が張り裂けそうだ。周囲に人がいなければ、獣のような声をあげてしまうだろう。

遺族席のほうから、むずかるような声がした。顔を上げるとさっきの男児が瑞枝の袖を引き、しきりに何か訴えていた。瑞枝は愛息の声も耳に入らないのか、放心したように宙を見つめている。

むごい。そして、あまりにも哀れだ。宇賀神は、脇本の大きな背中をにらみつけた。脇本は椅子の背もたれに身体をあずけ、ふんぞり返るようにしながら首だけ前に傾けていた。妙な姿勢だと思いながら見ていると、脇本は左手に持っていたものを顔に近づけた。携帯電話だった。右手がせわしなく動き始める。メールを打っているようだ。

遺族席の男児が再び声を張りあげた。さっきより声色が悲痛だ。

脇本は遺族席に顔を向け、うんざりしたように首を横に振った。長い脚を組むと携帯電話に再び視線を落とす。

葬儀会場ですらこの傍若無人ぶりだから、職場での態度は容易に想像がつく。夢の新薬の開発者と持ち上げられたのをいいことに、好き勝手をしていたのだろう。その結果、明石は過酷な勤務状況に追い込まれた。

やはり明石は脇本に殺されたようなものだと宇賀神は思った。

梅雨空（つゆぞら）の下、傘をさして出棺を見送った。

現在の六月は、おおよそ旧暦の五月に当たる。だから、今時分の雨を五月雨（さみだれ）と呼ぶのだと、昔、明石が教えてくれた。雨上がりが好きだとも言っていた。排ガスと埃（ほこり）を含んだ空気が、雨で洗い流され、リセットされるのだという。

見上げると、西のほうが明るくなっていた。明石の肉体が煙と化して空へ昇るのは、おおよそ二時間後だろうか。そのとき、雨が上がっていればいいと思いながら、宇賀神は一人で駅に向かって歩き出した。

駅まであと少しの交差点を渡り始めたときだ。腹が大きく鳴った。それが合図だったのか、靄(もや)がかかっていたような頭の中がすっきりとした。これまで感じなかった土の匂いも強くする。明石の訃報を聞いて以来、生と死の狭間(はざま)をのぞき込んでいたのかもしれない。そこから、いつもの世界に戻ってきたのだ。

ざっと周囲を見まわすと、道の向こう側に民芸風の暖簾(のれん)が見えた。武蔵野(むさしの)うどんを出す店のようだ。すでに三時を回っていたが、店先に営業中の立て看板が出ている。

腹ごしらえをしてから帰ろうと決め、足を速めると、突然、背後から女性の声で呼ばれた。葬儀に参列していた元同僚だろうか。歩きながら振り返ると、宇賀神は思わず足を止めた。

「ご無沙汰しています」

新郷美雪(しんごうみゆき)が軽く頭を下げた。中央新聞社会部の記者である。シンプルな黒のパンツスーツに白いシャツを着て、黒一色の無骨(ぶこつ)な男物の傘をさしている。地味なまとめ髪で化粧もほとんどしていないのに華やかな印象を受けるのは、ややえらが張っているものの、美人の部類に入るからだろう。

　しかし、外見と内面が比例するとは限らない。そもそも、これまでの経緯を考えたら、よくも声をかけてこられたものだ。厚顔無恥にもほどがある。

　無視して歩き出すと、美雪は勝手に並びかけてきた。顔の高さが、さほど変わらなかった。宇賀神は百八十一センチあるが、美雪も百七十近くはありそうだ。

　美雪が肩を寄せるようにして話しかけてくる。

「新しい勤め先、どちらに決まったんですか？」

「ほっとけ。関係ないだろ」

「関係ありますよ。先生は私のせいで、曙医大を辞める羽目になったも同然ですもの。ずっと申し訳ないと思っていたんです。本当にすみませんでした」

　しおらしい態度を意外に思いながら、今年の初めから新宿区の淀橋診療所で雇われ院長をしていると教えた。美雪は首をひねった。

「聞いたことない名前だわ」

「こぢんまりとしたところだからな。ドクターは俺だけだ。ナースはいない。七十四になるばあさんが助手兼受付をやってる」

　大変そうですね、とでも言うのかと思ったら違った。

「そんな診療所に患者さん、来るんですか？　私だったら、ドアを開けた瞬間に引き返しますね。おばちゃんならともかく、おばあちゃんが受付だなんて、ヤブっぽいもの」

ムッとしたが、美雪らしい台詞だった。デリカシーのかけらもない。さらに言えば、年齢差別である。そう指摘すると、美雪は首をすくめた。

「ああ、そっか。私って口が悪いから」

「口が悪いのは個性だから、大目に見ろとでも言いたいのか？」

「またそういう意地悪を……。申し訳ないと思ってますって」

「ならいい。じゃ、そういうことで」

歩き出そうとしたが、美雪に上着の袖をつかまれた。

「少し時間をいただけませんか。お願いがあるんです」

「断る」

美雪の手を振りほどき、うどん店の軒先に入った。引き戸を開けて、濃紺の暖簾をくぐったところで、素朴な疑問を覚えて足が止まった。

なぜ美雪は平日のこんな時間にこんな町にいるのだろう。ひょっとして、明石の葬儀に参列していたのだろうか。取材を通じて明石と面識があった可能性はある。だとしたら、案外、情の細やかな女性なのかもしれない。

ただ、それでも彼女のために時間を割く義理はないし、そもそもかかわりたくない。

引き戸を閉めようとしたが、その前に美雪は宇賀神を押しのけるようにして店に入ってきた。奥から出てきた法被(はっぴ)姿の中年女にかんじのいい笑顔を向ける。

「二人です。奥の席、いいですか？」

「はい、二名様、こちらへどうぞ！」

威勢のいい女店員の声を聞きながら、宇賀神は今度こそ舌打ちをした。

中途半端な時間のせいか、店内に客の姿はまばらだった。籐(とう)製の衝立(ついたて)で仕切られた四人掛けのテーブルに向かい合って座ると、宇賀神は肉うどんを注文した。コシが極めて強い武蔵野うどんには、濃厚な具材がよく合うのだ。美雪は梅わかめうどんとミニかつ丼のセットだった。

店員がテーブルを離れるなり、美雪は切り出した。

「明石先生と仲が良かったと聞きました。自殺の理由はご存じですか？」

「過労だろ」

「ということは、噂は耳に入ってないんですね」

美雪は周囲を意識してか、小声で話し始めた。

「明石先生、手術でミスをして、患者さんを死なせてしまったようなんです。それが自殺の引き金になったみたい」

ギョッとしたが、すぐにあり得ないと思った。訃報を知らせてきた斉田も、そんなことは言っていなかった。

「根も葉もない噂だろ。ちなみに、誰に聞いたんだ」

「取材源を秘匿する義務があるので言えません。でも、信憑性はあると思うんです。その日、患者が手術の最中に亡くなったことは、出入りの葬儀社の人に確認できましたし」

美雪は小鼻をうごめかせると、身を乗り出した。

「特ダネになりそうでしょ？　まあ、そうでもなければ、ただの助教の葬儀になんて来ませんけどね」

宇賀神はお冷やのコップをつかんだ。中身を美雪に向かってぶちまけようとしたが、すんでのところで思いとどまる。水をかけられたところで、この女の頭が冷えることはない。

美雪は宇賀神の口を封じるように手のひらを突き出した。

「とにかく、最後まで聞いてください」

問題の手術は、ちょうど一週間前に行われた。患者は自宅でくも膜下出血を起こし、救急搬送されてきた。執刀は脇本教授、明石は助手を務めていた。ミスが起きたのは、脇本が患者の処置をしている最中だ。明石が何らかのミスを犯し、大出血が起きたのだという。

「すぐに止血をしたけど、患者さんは結局そのまま亡くなりました」

問題は、その後だと美雪は言った。

「脇本教授は、手術中に容体が急変して、手の施しようがなかったと遺族に説明しました。院内の医療ミス委員会にも報告しなかった」

どうだ、立派な特ダネだろうと言わんばかりに、美雪は胸を張った。しかし、ますますあり得ない。

「明石はミスを隠蔽（いんぺい）するような人間じゃない」

「明石先生ではなく、脇本教授が指示したんです」

「だとしても、従うものか」

美雪は大きな目をくりっと動かすと、肩をすくめた。

「そうでもないんじゃないですか？　脇本教授は飛ぶ鳥を落とす勢いですもの。パワハラもセクハラもお咎めなし。やりたい放題だそうじゃないですか。しかも、明石先生には昇進の話もあったとか。理不尽と思っても、従うほかないでしょう。逆に言えば、そんな状況で馬鹿正直に正論を振りかざせるのは、気楽な立場の宇賀神先生ぐらいなものですよ」

宇賀神は眉を寄せた。

「俺が気楽？」

「奥さんは曙医大産婦人科の准教授。自宅は奥さんのご両親が建ててくれた二世帯住宅。宇賀神先生がクビを切られても、奥さんとお嬢さんは余裕で暮らせますよね。しかも、先生には、出世志向もない。気楽そのものじゃないですか。あ、ちなみに、バカにしてるわけじゃないですよ。むしろその逆です。気楽だからこそ、自分の良心に従える。つまり、気楽って、無敵なんですよ」

脱力感を覚えたが、彼女の言い分にも一理はあった。たとえば、双方の実家の援助を一切受けずに妻子の生活を支えていた明石と比べれば、宇賀神は身軽だった。しかし、だからといって気楽ではない。反論の言葉をひねり出そうとしている間に、美雪は顔の前でヒラヒラと手を振り、宇賀神を封じた。

「それに、教授に楯突いたらどんな目にあうか、病院の皆さんは、よくご存じだわ。

宇賀神先生の一件があるから。すべての大学病院がそうだとは言いません。でも、曙医科大に限れば、今も白い巨塔のまんまなんですよ。しかも、脇本教授は学部長や病院長よりも上にいる独裁者です。逆らったら、自分の将来を棒にふる羽目になるでしょう」

宇賀神は唇を引き結び、美雪から目をそらした。

去年、宇賀神は上司だった消化器内科教授の不正を告発した。中央新聞に記事を掲載するという形で。

著名な肝臓医であるその教授は、厚生労働省から支給される研究費の一部を着服していた。出入りの業者に試薬や計測機器の代金を水増し請求させ、差額の数十万円を懐（ふところ）に入れていたのだ。まずは教授に抗議したが、昔からの慣習だからと取り合ってもらえなかった。ミーティングの際、同僚たちの前で再び抗議したが、結果は同じだった。同僚は誰も加勢してはくれなかった。ならばと思って病院長に直訴したが、たいした額ではないと、暗に目をつぶるように言われた。

そんな折、美雪から取材の申し込みがあった。中央新聞に匿名で情報提供の電話があり、宇賀神に詳細を聞くようにと言われたそうだ。同僚の誰かが、宇賀神に代わって連絡をしたのだろう。

宇賀神は即座に取材を断った。不正に目をつぶる気はないが、上司を公衆の面前でつるし上げるのは、やりすぎである。これはあくまで、病院内で解決すべき問題だ。美雪は、「まあ、額も少ないですしね」と言って、引き下がった。

半月後、美雪が再び連絡してきた。ほかの大学病院で同様の疑惑があり、取材をしている。そちらのほうは、金額が数百万円に上るのでぜひ記事にしたい。ところが、帳簿の絡繰(からく)りが分からず苦戦しているので、参考までに宇賀神の研究室の帳簿を見せてほしいという。宇賀神は、曙医大については記事にしないという約束を取り付けたうえで、帳簿のコピーを彼女に渡した。

その三日後、中央新聞の社会面に掲載された記事は、曙医大消化器内科教授の研究費不正使用を糾弾するものだった。ほかの大学病院のことなど、一言も書かれていなかった。宇賀神は、美雪に騙(だま)されたのだ。

己の甘さを呪いながら、事の成り行きを見守った。今度は病院長も迅速に動いた。記事が出た一月(ひとつき)後、教授は懐に入れた金を全額返金したうえで、三ヵ月間三十パーセントの減俸と決まった。

そこまではよかったのだが、病院長の矛先(ほこさき)は宇賀神にも向かった。表立った処分こそ受けなかったものの、上司の些細な落ち度を新聞社に売り渡し、曙医大の名誉を毀損した反逆分子として、病院長から露骨な肩叩きを受けたのだ。宇賀神が無視を決め込むと、病院長は今度は妻の杏子に圧力をかけた。「君の夫は、病院に多大な迷惑をかけた。このまま居座り続ければ、君の将来も保証できない」と彼女にほのめかしたのだ。

杏子は青ざめ、宇賀神を責めた。小学生のような正義感を発揮するなんて、世間知らずにもほどがあるというのだ。病院長や教授に平身低頭で謝ろう、自分も一緒に謝るとも言ってくれたが、宇賀神はそれを断った。たかが数十万とはいえ、不正は不正である。

ただ、杏子を巻き添えにしたくはなかった。宇賀神は大学病院を辞めて、家を出た。

当初は民間病院に勤めるつもりだったが、医者の世界は案外狭い。都内の主だった病院は、曙医大の怒りを買うのを恐れ、宇賀神の採用に及び腰だった。曙医大病院どころか、医学界全体が腐っているのだと不貞腐れ、自堕落な生活を送っていたとき、小さな診療所の雇われ院長の声がかかった。生きていくには金が必要だったから引き受けた。

この一件は院内で広く知られている。明石は、自分も同じ憂き目にあうのを恐れ、脇本教授の言いなりになったのだろうか。

　店員が法被の裾を翻しながら料理を運んできた。民芸風の無骨な器が、いかにも重そうだ。美雪はすぐさま猛烈な勢いでかつ丼を食べ始めたが、宇賀神はしばらく箸を持つ気になれなかった。

　美雪が宇賀神の丼を指でさす。

「うどん、妙に硬いけど美味しいですよ」

　当たり前だ。硬くて太くてコシがあるのが、「東のうどん県」と呼ばれる埼玉名物武蔵野うどんの特徴だ。

　食事を始めたが、味がしなかった。つけ汁の香りもしない。感覚器の細胞が麻痺してしまったみたいだ。機械的に咀嚼を繰り返しながら、美雪の話を反芻しているうちに、あることに気づき、宇賀神は箸を置いた。

「その噂ってやつは、デマだな」

　美雪が形のいい唇を尖らせる。反論される前に、宇賀神は続けた。

「手術ミスを隠蔽したのが、後でばれたら懲戒処分ものだぞ。ノーベル賞を狙っている脇本教授が、そんなリスクを取るものか」

美雪は、強情さを丸出しにして、首を横に振った。

「例のＤＢ－１の製薬企業への技術移転契約の話が大詰めに来ているんです」

技術移転の相手は、欧州に本社を置く世界屈指の製薬企業、サニー製薬である。同社は二年ほど前から社員を脇本教授の元に客員研究員として送り込み、共同研究をしていた。相当な額の研究費も出していたようだ。

昨秋、臨床研究が成功裏に終わったので、今年秋以降、サニー製薬で研究を引き継ぎ、新薬として数年後に発売を目指すという。

「来月、最高経営責任者が来日して、脇本教授と共同記者会見を開くようです。すでに都内の一流ホテルを会場として押さえてあるとか。そんな晴れ舞台の直前に不祥事は、まずいですよ」

「手術ミスをしたのは、本人ではなく、明石なんだろ？　仮に脇本教授がミスの張本人だったとしても、サニーがドル箱から手を引くもんか」

「サニーはそうでも、マスコミはここぞとばかりに脇本教授を叩きます。記者会見なんて開けなくなりますよ」

宇賀神は首をひねった。

「何が問題なんだ？　そもそも、記者会見なんて必要ないと思うがな。そんな暇があるなら、診療や手術に回すべきだ」

美雪は呆れたようなため息をついた。

「宇賀神先生は、脇本教授をまったく分かってませんね。あの人は、大変な自信家で自己顕示欲の塊です。プライドの高さは、富士山並みだって言われてます」

三年前、曙医大に転じて基礎研究を始めたのは、ノーベル賞を狙うためだった。外科医は、いくら優秀でも職人扱いされてしまうのに、基礎研究者は国の宝としてもてはやされるのが気に入らない。だったら、自分もノーベル賞を獲ってやる。

「そんなことを、内心思うだけならともかく、公言してしまう人が、晴れ舞台の直前に部下のミスの責任を取って頭を下げるなんて、あり得ません。そして、さっきも言ったように、周囲は誰も脇本教授の暴走を止められません」

美雪は上半身をテーブルに乗り出した。

「そういうわけで、取材に協力してください。宇賀神先生なら、元同僚から話を聞けますよね?」

今度は宇賀神が呆れる番だった。

「よく俺に頼む気になったな。俺を騙してネタを取ったくせに」

美雪はばつの悪そうな表情を浮かべたが、すぐに顎を振り上げた。

「人聞きの悪いことを言わないでください。宇賀神先生にとばっちりが行ったのは申し訳ないと思ってます。でも、そもそも悪いのは、国民の血税を懐に入れた宇賀神先生の上司ですよ？」

「いや、俺は騙されたんだ。ほかの大学の不正の話はどうなった？　そんな記事は出なかったじゃないか」

「そっちの取材は、うまくいかなかったんです」

見え透いた嘘に、辟易してきた。

「とにかく、断る」

宇賀神は、財布から千円札を一枚出し、テーブルに置いた。美雪が慌てて上着のポケットから携帯電話を取り出す。

「先生の新しい番号を教えてもらってもいいですか？　明石先生について何か分かったら、お知らせしますから」

「それも断る」

宇賀神はそう言うと、出口に向かった。

診療所に着いたときには、午後五時を回っていた。新宿駅西口から乗った都バスを小滝橋(おたきばし)通り沿いで降り、歩いて五分ほどの住宅街にある古びた二階建てである。
経営者であり、前任者でもある八十代の老医師によると、昭和の半ばに建てたそうだ。十八年前、大々的に手を入れた際に、木製の窓枠と玄関の引き戸は、あえて残したという。昭和レトロの雰囲気を狙ったのだろうが、当時を知らない人間から言わせてもらうと、ただのボロ屋だ。

老医師は、二十年以上前に妻を亡くしていた。昨年秋につまずいて骨折したのを機に、診療はおろか一人暮らしもできない身体(からだ)となり、都内の老人ホームに入所した。二階の自宅には、月に一度、離れて暮らす娘夫婦に伴われて帰ってくる。老医師が復帰できる見通しはないが、自分の目が黒い間は診療所を閉鎖したくないそうで、宇賀神が雇われた。

引き戸をガタピシ言わせながら中に入ると、消毒液の匂いがした。板張りの床には、埃一つ落ちていない。助手兼受付の内藤(ないとう)イネの几帳面(きちょうめん)さの賜物(たまもの)だ。

天井が高い待合室を抜けて、北側にある院長室へと向かう。

欧州の田舎にでもある旧家の書斎を思わせる部屋だった。八畳ほどの板張りのスペースに、クラシックな二人掛けのソファとローテーブル、オーク材のデスクと書棚が置いてある。どの家具にも使い込んだ形跡があり、それが味わいとなっていた。

一目見たときからこの部屋が気に入ったので、小型の冷蔵庫を自腹で購入し、ノートPCを自室から持ってきて、寝るとき以外の大半の時間をここで過ごしている。

上着を脱いでコート掛けのハンガーにつるし、ネクタイを緩めた。冷蔵庫から缶ビールを取り出して飲み始めると、引き戸が開く音がした。休診の看板を出しているのに、勝手に入ってくる人間といえば、一人しか思い当たらない。

ビールを冷蔵庫に戻すべきか迷っていると、瓦田春奈（かわらだはるな）が開け放ったままのドアからのっそり入ってきた。貫頭衣のような水玉模様のワンピースを着ている。タオル地のハンカチで二重顎の汗をぬぐうと、春奈は非難がましい目を宇賀神に向けた。

「まだ日が高いですよ。冷たいものなら、ほかにもあるでしょ。一昨日、私が補充してあげた麦茶とか」

春奈は冷蔵庫を開け、麦茶のペットボトルを引っ張り出した。腰丈ほどの食器棚から、カップを出して麦茶を注ぎ、立ったまま喉を鳴らして飲む。

個人商店のおかみさんのような風貌ながら、春奈は三千人を超える社員を抱える上場企業、カワラダメディカルの創業者であり、会長だった。内藤イネを通して、宇賀神を経営者の老医師に紹介してくれた人物でもある。

カワラダメディカルは、いわゆる病院給食業者だ。院内の厨房（ちゅうぼう）に調理師や管理栄養士を派遣し、入院患者の食事を調理させている。近年は、在宅患者向けの弁当宅配にも乗り出した。その際、春奈自身が近隣の診療所やクリニックにチラシを配ったのだそうだ。この診療所にも顔を出し、内藤イネに出会った。七十を過ぎても現役を続けるイネの姿にいたく感激し、付き合いが始まったのだとか。

宇賀神が着任した後も、徒歩五分ほどの距離にある小滝橋通り沿いにある本社から、こっちの休憩時間を狙ってしょっちゅう油を売りにやってくる。イネを相手にマシンガントークをして帰るだけなら文句もないのだが、今日は休診日だった。

「イネさんはいませんよ」

「今日は先生に話があるんです」

春奈は、麦茶をカップにつぎ足すと、ソファに移動した。この部屋のベストポジションを取られてしまった。宇賀神はしかたなく、デスクチェアを引き出して腰を下ろした。春奈は、宇賀神の胸元を指さす。

「脳神経科の明石先生のお葬式？」

「ええ。仲のいい同期でしたから。それにしても、なぜご存じなんですか？」

「業界紙に訃報が出てましたからね」

主だった病院の訃報や人事情報を、毎朝チェックするのが日課だという。

「厨房に立っていたころには、自分の耳で情報を拾ってたんですけどねえ」

「そんな情報をどうするんですか？」

「商談の雑談で使うんですよ。たいていの人は、自分の職場の噂話には乗ってきます。それで仲良くなれば、しめたものですよ。滅多なことでは、切り捨てられませんからね。我が社の社訓は、一に情け、二に情け。三、四がなくて、五も情け！」

節をつけるように言うと、春奈は真顔になった。

「曙医大病院の担当から聞いたんですが、過労自殺の可能性が高いんですってね。脇本先生の責任を問う声はないんですか？」

「自分は部外者なので……」

分からないと言って話を打ち切ろうとしたが、春奈は続けた。

「遺族は、過労死認定を申請したほうがいいですよ。パワハラも問題にすべきでしょう。泣き寝入りなんかしたら、第二、第三の犠牲者が出かねませんもの」

宇賀神はうなずいた。斉田は及び腰だったが、客観的に見て春奈の意見のほうが正しい。

「それにしても、嘆かわしいわねえ。脇本先生のような時代錯誤なパワハラ人間が、我が国の医学界の第一人者だなんて、世界に対して恥ずかしいわ。実は前から、胡散(うさん)

臭い人だと思ってたんですよ」

脇本がインタビューを受けているのをテレビで見たことがあると春奈は言った。

「神妙な表情だったけど、目つきがね……。視聴者を見下しているのがミエミエなんですよ。あの目を見れば分かります。実力はあるんでしょうが、品格は皆無でしょう」

嫌悪感をあらわにしながら言うのが、やや意外だった。脇本は、上司としては最悪な人間である。しかし、見栄えはいいし、押しも押されもせぬ名医である。だから、鼻持ちならないところはあるが、マスコミに時代の寵児だともてはやされている。

「脇本教授は、女性受けするタイプかと思ってました」

春奈は、二の腕を揺らしながら両手を振った。

「とんでもない。宇賀神先生のほうが、よっぽどいい男ですよ。目は死んでるし、うだつも上がらないけど」

けなされているようにしか聞こえないが、当直のアルバイトで糊口をしのいでいたのを見かねて今の仕事を世話してくれたぐらいだ。褒めているのだろう。

「私は本当に宇賀神先生を買ってるんですよ。ウチの従業員が、病院長に不当なクレームをつけられて解約されそうだったときに、病院長をたしなめてくださったでしょう。それに、病院を辞める羽目になったのも、上司の不正を告発したからじゃありませんか。うだつが上がらないのを恥じる必要はありません。宇賀神先生のフェアな態度は、いつか必ず誰かが評価してくれます」

「そうだといいんですがね」

そのとき、玄関の引き戸を叩く音がした。

「宇賀神先生、いらっしゃいますか？」

美雪の声だった。

そのうち、押しかけてくるかもしれないと思っていたが、うどん店で別れてからまだ二時間足らずである。いくら何でも早すぎる。

宇賀神は人差し指を唇の前に立てた。

「いないことにしてください。厄介な女なんですよ」

春奈が舞台化粧のようにくっきり描いた眉を寄せた。

「一人暮らしをいいことに、何をやってるんですか。奥さん、ますます気を悪くしますよ」

「いや、違う。そういうんじゃないんです」

再び美雪の声が聞こえてきた。

「中央新聞の新郷です。明石先生の奥さんにアポが取れたので、取材に同行していただきたいんです」

宇賀神は、思わず立ち上がった。明石の自死の背景に何があったのか、取材をするなとは言わない。しかし、よりによって葬儀の日に妻に取材を申し込むなんて、非常識にもほどがある。

玄関まで行って怒鳴りつけてやろうか。それとも、このまま居留守を決め込むべきか。迷っていると、春奈が言った。

「彼女、自殺の原因について取材しているんですか」

「そんなところですね」

「なら、話を聞いたほうがいいと思いますが」

「苦手なんですよ。大学病院を辞めるきっかけになった記事を書いた記者なんですが、厚顔無恥というか、不誠実というか……」

「マスコミの人なんて、みんなそんなものですよ。それより、仲が良かった同期の過労自殺を見て見ぬふりをするほうが、問題ですよ。宇賀神先生らしくもない」

春奈は肘掛けに手をつき、身体を支えるようにして立ち上がった。

「お通ししましょうね」

いそいそと玄関へ向かう春奈の背中を、宇賀神は憮然(ぶぜん)としながら見送った。

2

「次の患者さんをお呼びします」

　内藤イネは、腱が浮き出た腕で老眼鏡の位置を直し、ややしゃがれた声で言った。

宇賀神が無言で軽くうなずくと、イネは年に似合わぬ機敏な動作で小柄な背中を向けた。

　淀橋診療所は毎週土曜日、経営者である老医師の現役時代と同様に、午前中だけ開院している。着任した当初、宇賀神は午後も開けようと思った。この辺りは、高層ビルが林立する新宿副都心からは離れている。大久保通り、小滝橋通りといった幹線道路沿いこそ商業地域だが、道を一本中に入れば、マンションやアパート、一般住宅が立ち並んでいる。平日より土日のほうが、患者のニーズが高いのではないかと思ったのだ。

　しかし、すぐに老医師の経営判断は正しかったと納得した。来院するのは、長年この診療所をかかりつけにしている患者、飲食店で言うところの常連がほとんどだったのだ。その大半が、曜日を問わず暇を持て余している年寄りだった。半径二百メートル以内に七、八軒は病院や診療所があるのに、昭和の香りがする古びた診療所を選ぶ物好きは、常連を除けばそうそういないのだ。

結局、この日も患者は四人だけだった。最初の三人は高血圧、糖尿病などの持病を抱え、定期的に通院している患者たちだった。問診と血圧測定、血液検査などを行い、いつもの薬を処方する。彼らの来院には、世間話という目的もあるようだが、そちらのほうは受付カウンターを挟んでイネが対処してくれる。

正午を過ぎて駆け込んできた最後の患者は、茶髪の専門学校生だった。酒臭い息を吐きながら吐き気と下痢を訴えたので、二日酔いかと思ったが、問診したところ、感染性胃腸炎が疑われた。ひどくつらそうなので、診察室の隅にあるベッドで点滴をしてやった。

生気を取り戻した学生を送り出したところで、ちょうど一時になった。診療報酬の計算をしてから帰るというイネを残して、宇賀神は診療所を後にした。

バスで新宿まで出て、駅ナカにあるチェーンのうどん店で素早く釜揚げとちくわ天の昼食をすませた。麵は柔らかすぎるが、サバ節(ぶし)の香りが強い個性的な出汁(だし)を使っていた。

その後、百貨店の地下にある食品売り場に寄って水菓子の詰め合わせを買い、小田急線の乗り場に向かう。行き先は、世田谷区の経堂にある明石の自宅マンションだ。

美雪は葬儀の日、宇賀神と食事をした後、精進落としの席に顔を出し、火葬を終えたばかりの明石の妻に、こう言ったのだそうだ。

──宇賀神先生は、ご主人の力になれなかったのを悔やんでいる。奥さんにお詫びしたいと泣いていた。その様子が尋常ではなかったので、謝罪を受けてやってもらえないだろうか。

要するに、宇賀神をダシに訪問の約束を取り付けたのだ。美雪が得意な騙し討ちだ。そんな取材の同行は断るのが筋だと思ったのだが、その場にいた春奈から、行くようにと強く言われた。

──明石先生の奥様は、新郷さんの話を信じているわけですよね。顔を出さないと、奥様が混乱してしまいますよ。

もっともだと思ったので、不本意ながらこうしてここにいる。

頭の痛いことは、さらにあった。春奈が潜入調査をすると言い出したのだ。冗談かと思ったら、大真面目だった。

カワラダメディカルは、曙医大病院で入院食を作る厨房のほか、職員用の食堂の調理場も任されている。そこに調理師として入り、事情を知っていそうな病院スタッフに探りを入れてみるという。

美雪は大喜びしていたが、宇賀神は不安しか覚えない。経営者としての春奈の手腕には、一目置いている。夫を早くに亡くし、その後は女手一つで、カワラダメディカルを上場企業にまで育て上げたのだ。しかし、だからといって、素人探偵が務まるとは思えない。

経堂駅の改札を出ると、券売機のそばの壁にもたれかかっていた美雪が、軽く手を挙げた。今日は濃いグレーのスラックスに、濃紺のジャケットを合わせ、肩から大きな黒いトートバッグを下げている。背が高い彼女がそんな恰好(かっこう)をしていると、キャリア女性向けのファッション誌のモデルのようだった。

歩き出しながら美雪が言う。

「この前も言ったように、明石さんの奥さんに謝ってくださいね。その後は私が話をしますから、宇賀神先生は黙っていてください」

「俺をダシに使ったくせに、その言い草はないだろう」

美雪が宇賀神を横目で見た。

「奥さんは手術ミスの噂を知らないでしょう。いずれ知るとしても、今、耳に入れるのは酷ですよね。その辺りの微妙な匙加減があるから、任せてほしいんです」

「しかし……」

「宇賀神先生は言葉数が少なすぎるんですよ。誤解を招くとややこしくなるので、やっぱり黙っていてください」

反論を封じるように足を速めた美雪に宣言する。

「俺が仕切る。だいたい、俺が黙ってちゃおかしいだろう。アポを取った理由が理由だからな」

何か言いたそうな美雪を無視すると、今度は宇賀神が足を速めた。

ドアを開けた明石瑞枝は、柔らかそうな素材の紺のワンピースを着ていた。瞼の赤みや腫れは引いていたが、目がうつろで表面に薄い膜でも張っているかのように力がない。

「わざわざありがとうございます」

小さな声で言うと、瑞枝は二人にスリッパを勧めた。

明石のマンションを訪れるのは、二度目だった。最初は明石の新婚時代だから、もう七、八年前になる。二人で新宿の焼き鳥屋とスナックを梯子(はしご)したところ、明石がひどく酔ってしまい、タクシーで送ったのだ。玄関先で引き上げるつもりだったが、瑞枝に引き留められ、お茶と桃をごちそうになった。果物を誰かにむいてもらうなんて、実家を出て以来初めてだったので、いたく感激した。こんな妻がいたら、家に帰ったらほっとできそうだなと羨(うらや)ましく思ったのを思い出す。

瑞枝は二人をダイニングテーブルへと案内した。手土産を渡し、椅子を引きかけたところで、ふすまを開け放った隣の和室の様子が目に入った。ローチェストの上に遺影と白布に包まれた骨壺(こつつぼ)、そして白菊をあしらった花瓶が安置されている。

宇賀神は瑞枝に断ると、和室に入り、遺影に手を合わせた。目を閉じても、葬儀のときと違って明石の顔が浮かんではこなかった。あの時、宇賀神の中で、明石はあちらの世界とこちらの世界の狭間にいた。今は完全にあちらに行ってしまったのだろう。

目を開けると、美雪が神妙な顔つきで祭壇を拝んでいた。美雪が顔を上げるのを待って改めてテーブルにつくと、瑞枝は改まった様子で頭を下げた。

「今日はありがとうございます」

宇賀神も一礼した。

「本当に残念です。力になれなくて、申し訳ありませんでした。それに、こんなふうに押しかけてしまってすみません。ご迷惑だったでしょう。あの、息子さんは？」

「私が落ち着くまで、主人の両親がみてくれることになりました」

違和感を覚えた。瑞枝にとって、愛息は心の支えのはずだった。何か事情があるのだろうか。

瑞枝は、尺骨茎状突起の目立つ手で煎茶をいれ始めた。

「いまだに信じられなくて。悪い夢を見ているようです……」

二人の前に茶碗（ちゃわん）を置くと、瑞枝はぽつりぽつりと話し始めた。

明石の遺体が発見されたのは、奥多摩湖だった。湖にかかる橋の一つの中央付近に、そろえた靴が置いてあった。その中に封筒が入っており、中に本人の筆跡で「申し訳ありません」と書かれた紙が入っていた。それで自殺と判断されたという。

「私には何がなんだか……」

「もしかすると、忙しすぎたのかもしれませんね」

宇賀神が言うと、瑞枝は困ったように首を横に振った。

「警察の人も、過労からくるうつだったんじゃないかって言っていましたが……」

「精神科や心療内科にはかかっていたんですか？」

「本人からは、何も聞いていません。保険証を使った形跡もありませんでした。ただ、医局のデスクに向精神薬と睡眠薬が入っていたそうです」

明石は、精神疾患にかかっているのを周囲に知られたくなかったはずだ。精神科にいる知り合いから、こっそり薬を入手していたのかもしれない。自分で処方箋を書いた可能性もある。

「でも、朝は自分で起きていましたし、食欲も普通にありました。先月は久しぶりに休みが取れたからって、ディズニーランドに連れていってくれたんですよ。うつだったなんて、信じられなくて」

聞いているうちに胸が苦しくなってきた。明石は、意思が恐ろしく強い男だった。苦しさを薬でごまかしながら、瑞枝たちの前では明るくふるまっていたのではないだろうか。

しかし、自分の考えを瑞枝に告げる気にはなれなかった。

「ほかに理由があったのかもしれませんね」

「私も、いろいろ考えてみました。どんな小さなことでも思い出そうとしてみたんですが、思い当たることといえば、一つしかなくて……。主人、十日ほど前、ひどく酔って帰ってきたんです。息子が生まれてからそんな飲み方をしなくなったので、何かあったのかなってちょっと驚きました」

　それまで黙っていた美雪が口を挟んできた。

「いつだったか正確に分かりますか？」

　先週の火曜だったと瑞枝は即答した。

「息子のスイミング教室の日なので、間違いありません。帰宅した主人に息子が水に顔をつけられるようになった話をしたのに、ろくに聞いてくれなくて、少し喧嘩(けんか)になりました」

　美雪が目くばせを送ってきた。ミスがあったとされる手術が行われたのは、まさにその日である。

「じゃあ、もしかしてその日に何かあって……」

　言いかける美雪を瑞枝は遮(さえぎ)った。

「その可能性はないと思います。次の日に帰宅したときには、いつも通りでしたし、それから亡くなった日の朝、家を出ていくときまで、変わった様子はなかったんです」

　瑞枝はうなだれ、目元をしょぼつかせた。

「やっぱり、過労自殺なんでしょうね。十中八九そうだし、それは私のせいだって主人の両親に言われました」

「まさか……」

「私が准教授夫人になりたいばかりにお尻を叩いたから、主人は無理に無理を重ねたんだろうって。それに気づかなかった私が悪いって」

瑞枝は目を潤ませながら続けた。

「私、主人のお尻なんか叩いてません。でも、准教授に内々定したと聞いて、喜びました。主人の両親にもこっちに出てきてもらって、お赤飯でお祝いしました。それがいけなかったんでしょうか」

瑞枝はいつの間にか、目元を引きつらせていた。肩で息をしながら、宙をにらんでいる。まるでうわ言のように、瑞枝は続けた。

「でも、主人の両親の言い分も分かるんです。私はぼんやりしたところがあるから、主人の異変に気づかなかったのかもしれません。主人の両親は、そんな嫁に孫は任せられないと言って、息子を連れていってしまいました」

瑞枝は両手で顔を覆った。宇賀神は、思わずテーブルの上に半身を乗り出した。

「考えすぎだ。奥さんのせいなんかじゃない。もし過労自殺なら、雇用主の責任です」

瑞枝は手をテーブルの上に戻すと、敵意のこもった視線を宇賀神に向けた。

「宇賀神さんだって、主人が忙しすぎたかもしれないって、おっしゃったじゃないですか。気づかなかった私を責めているんだわ」

ヒステリックな口調で言われ、宇賀神はたじろいだ。

「いえ、決してそんなことは……」

瑞枝はため息をつくと、嘆息した。

「でも、本当に疲れているようには、見えなかったんです」

ついさっきまでのヒステリックさが嘘のように、弱々しく肩を落とす。そんな彼女になんと声をかけていいか分からなかった。何を言っても、さらに傷つけてしまいそうで怖い。

愛する人を突然亡くすと、理不尽なまでの自責の念にさいなまれたり、他人に対して攻撃的になったりする場合がある。考えてみれば、葬儀からまだ一週間も経っていない。瑞枝は、嵐の真っ只中でもがいているような状況なのだろう。

隣で美雪が動いていた。床に置いたバッグから、何かを取り出そうとしているようだ。やがて美雪は一枚の紙をテーブルに置いた。瑞枝の顔をまっすぐに見ると、淡々と話し始める。

「私に奥様の気持ちが分かるとは思いません。ただ、私なりにお役に立てればとは思います」

紙に書いてあるのは、自分が何度か取材した精神科医の連絡先だと言った。瑞枝は気のない様子で紙を見ながら言った。

「主人の同僚だった先生にも、曙医科大の精神科を紹介されました」

「もちろんそちらに行かれてもいいと思いますが、この先生は自死遺族のケアの経験が豊富な女医さんなんです。カウンセラーの方も、ベテランの落ち着いた方です。私のほうから、先方に連絡を入れておきますので、気が向いたらいつでも電話してみてください。眠れるお薬をもらうだけでも、楽になると思いますよ。話を聞いてもらうのもいいと思いますし」

瑞枝はこめかみの辺りを押さえた。

「話なんかとても……。主人が亡くなってから混乱してばかりで、自分でも何を言っているのか分からなくなるんです。さっきだって、頭では宇賀神先生に悪気なんかないって分かってるのに、気持ちがついていかなくて……」

美雪が微笑（ほほえ）んだ。

「それが正常なんですよ」

「正常？」

「その先生によると、奥さんのように過酷な経験をした人は、一時的におかしくなるのが正常なんですって。むしろ、平然としていたら異常だって」

瑞枝がはっとするように目を瞬いた。

「そういうものなんですか？」

「みたいですね。私はそう聞いて、すごく納得しました。奥様も気が向いたら、先生と直接お話ししてみてください。自分がどういう状態なのか分かるだけでも、気分が落ち着くかもしれません」

そう言うと、美雪は宇賀神を見た。そろそろ引き上げようという合図のようだ。

もう少し瑞枝の話を聞きたいような気もしたが、これ以上彼女に負担をかけるのは気が引けた。宇賀神は美雪に向かって小さくうなずいた。


駅まで歩いている最中に、春奈から電話がかかってきた。この後、診療所で打ち合わせをしたいという。美雪の予定を聞いたところ、夕方まで空いているというので、二人で診療所に向かった。

美雪は電車の中で熱心に携帯電話でメールを打っていた。彼女は瑞枝の話を聞いて、手術ミスがあったと確信しているようだった。そう上司に報告しているのかもしれない。先走らないほうがいいと忠告したかったが、周囲の耳が気になった。

診療所に着くと、春奈が玄関の前で待っていた。今日も貫頭衣のようなワンピースを着て、ずっしりと重そうなレジ袋を下げている。

「お待たせしてすみません」

「今着いたばかりですよ。それにしても、蒸しますね」

春奈はタオル地のハンカチで首元をぬぐうと、早く鍵を開けろというように、扉を指さした。

院長室にも湿った空気がこもっていた。窓を開け、空気を入れ替えようとしたが、外気の湿度も相当なものだった。エアコンをつけたほうがいい。

春奈と美雪は並んでソファに座った。宇賀神は、デスクチェアをローテーブルのそばに引っ張ってくると、二人と向かい合わせに座った。春奈がレジ袋をどさっとテーブルに置く。

「飲み物です。何種類か買ってきたから、好きなものを選んでください」

袋をのぞき、無糖の缶コーヒーを手に取った。近くで買ったようで、まだ冷たかった。ジャスミン茶のペットボトルの蓋を回しながら、美雪が切り出す。

「やっぱり、手術ミスがあったんだと思います」

　春奈が首を傾げた。

「明石先生は、奥さんにそう言っていたんですか？」

「いえ。でも、手術で患者が亡くなった日に、泥酔して帰宅したんですって。ここ何年もそんな飲み方はしていなかったそうです」

　宇賀神は口を挟んだ。

「ミスなんかしなくても、手術で患者が亡くなれば酒ぐらい飲みたくなるだろ」

「だとしても、ほどほどで切り上げるはずです。明石先生は、連日のように手術をやらされていたんですから。自制が利かずに泥酔してしまったのは、よほどのことがあったからでしょう」

「いや、違う。薬のせいだ」

　睡眠薬や向精神薬を服用中の飲酒は禁忌だ。ちょっとぐらい大丈夫だろうと思って飲んだら、ひどい酔い方をする場合がある。泥酔したのは、そのためだろう。そう説明したが美雪は納得しなかった。

「明石先生だって、そのぐらい知っていたはずです。なのに、飲んだんですよ。酔って忘れたいことがあったからですよ。瓦田さんも、そう思いませんか？」

「さあ。でも、どっちにしても想像でしかないですよ。参考程度にしかなりません」

口を尖らせている美雪に向かって、春奈は言った。

「私は、もっとしっかりした証言を取ってきましたよ」

「えっ、もうですか？」

春奈が職員食堂の厨房で働き始めたのは水曜だから、まだ三日しか経っていない。美雪もびっくりしたように目を見開いている。二人の反応が嬉しかったのか、春奈は得意そうに胸を張った。

「初動捜査が肝心だと思って、頑張ったんですよ。新入りです、よろしくって言いながら臨床技師やナースにおかずをサービスしました。ドクターは口が堅いだろうから、コ・メディカルに狙いを絞ったのも、よかったかもしれません」

初動捜査という言葉の使い方が間違っているような気がするが、この際、それはどうでもいい。

「それより、証言って何を聞いたんですか？」

美雪に促され、春奈は話し始めた。

今日、勤務が終わった後、職員通用口を出たところで、顔見知りが通りかかるのを待っていたところ、ベテランナースがやってきた。偶然を装って挨拶して、駅まで一緒に歩きながら、噂の真偽を尋ねたのだという。

「誰がそんな根も葉もない噂をって、怒っていました。手術で患者が亡くなったのは事実だけど、ミスではないそうです」

「その人が、事情を知らないだけじゃないですか？」

　美雪が言う。

「手術室勤務の奈良さんというベテランナースで、部下が問題の手術に参加していたそうですよ。根掘り葉掘り聞いたら、手術中に何が起きたのかも詳しく話してくれました」

　問題の手術はくも膜下出血の緊急手術だった。脳血管にできた瘤が破裂したので、血腫を除去して、問題の場所をクリップで留めるものだった。

　途中までは順調だった。脇本にとって、たいして難しい手術でもなかったのだろう。ところが、突然別の場所にあった瘤が破裂した。大出血を起こし、手の施しようもなく、患者は亡くなった。

「動脈瘤がもう一つあったのに、検査で見落としたのなら、ミスじゃないですか？」

「いえ、奈良さんが言うには、ミスではないそうです。瘤があっても、即破裂するものは多くはないんだとか。だから手術中に破裂するなんて予想はできなかっただろうって。私にはよく分からないんですが、そういうものなんですか？」

話を振られ、宇賀神はうなずいた。

「そうですね」

脳動脈瘤がある百人のうち、瘤が破裂してくも膜下出血に至るのは年に二人程度とされる。瘤があったとしてもすぐ破裂する可能性は低いのだ。逆に言えば、もう一つの瘤の存在を把握していても、それが手術中に破裂すると予想するのは難しい。ただ、いったん破裂すると、病院に運ばれても三分の一程度しか助からない。

その患者の場合は、不幸な偶然が重なり、亡くなったと考えるのが妥当だろう。そう言うと、春奈は合点したようにうなずいた。宇賀神は、美雪に向きなおった。

「手術室の奈良さんなら、俺も知ってる。信用できる人だ」

「その人も、口裏合わせに協力しているのかもしれないわ」

「そう思うなら、自分で病院関係者を取材するんだな。俺は、奈良さんと会長を信じる」

「でも、私は手術ミスがあったという噂を聞いたんです」

「誰から聞いたか言ってみろ」

「言えません。取材源を秘匿する義務があるんです」

「そもそも、噂だろ？　奈良さんが否定したんだから、ただの噂だったんだよ」

「いや、でも……」

　春奈が肉付きのいい両手を膝に置き、上体を乗り出した。

「まあ、私の話の続きを聞いてくださいよ」

「ああ、すみません。会長、お願いします」

　春奈が再び話を始める。

「奈良さんが言うには、明石先生は連日手術で大変だったようです。本人は大丈夫だと言ってたけど、なんといっても神経を使う仕事でしょ。周りは心配していたようです」

「奈良さんから見て、明石にはうつの傾向があったんでしょうか」

「それが、そうでもなかったんですって」

　疲れているようではあったが、苦しそうなそぶりはまったく見せていなかった。

「ただ、デスクの引き出しから精神科のお薬が見つかったようなんです。薬で無理矢理症状を抑えて、何事もないふりをしていたんだろうって奈良さんは言ってました。もともと口数が多いほうではなかったから、周りも気づかなかったのかもしれないって」

確かに、明石はあまりしゃべらない男だった。まるで口は災いの元とでも思っているようだった。唯一、気を許して軽口を叩けるのが、宇賀神だったのだ。

それはともかく、春奈の話を聞いて宇賀神の中で結論は出た。やはり、明石は過労で精神を病み、その挙げ句、自死を選んでしまったのだろう。

春奈は続けた。

「明石先生のご遺族は、労災認定を受けたらいいと思いますよ。お金がどうこうという話ではなく、責任の所在をはっきりさせて、二度と過ちを繰り返さないようにする必要があるんじゃないでしょうか」

宇賀神も同感だ。斉田は、脇本を雑事で煩わせるべきではないと言っていたが、そんな理屈が通るわけがない。脇本が明石を過労状態に追い込まなければ、防げた死だった可能性は高いのだ。

ただし、今はその時期ではなかった。

「奥さんは、まだまともにものを考えられる状態じゃないんです。明石のやつ、家族の前でも普段通りにふるまっていたようです」

夫の異変に気づかなかったのを義理の両親に責められたせいか、明石が過労からくるうつだったと認められないのだろうと告げると、春奈は痛ましそうな表情で首を振った。

「ひどい話ね……。でも、だったらなおのこと、労災認定を受けたほうがよさそうですね。奥さんのせいではないとはっきりさせるべきだわ。責任を取るべきなのは脇本教授です。毎日のようにテレビや新聞のインタビューを受けて自慢話を繰り返し、明石先生に自分の仕事を押しつけるなんて、とんでもない話ですもの」

「ええ。折を見て僕から奥さんに勧めてみます」

「私は厨房で、明石先生の勤務状況がどんなふうだったのか聞いてみます。奥さんがその気になったら、すぐに証拠がそろうようにしておきましょう」

「僕も病院の精神科にいる知り合いを当たってみます」

過労自殺の認定基準には、仕事上のストレスが原因でうつ病などの精神障害にかかっていたかどうか、という項目があったはずだ。瑞枝の話によると、明石は正式な診断は受けていないようだった。しかし、同僚の精神科医から薬を融通してもらっていたなら、その医師に明石がどんな状態だったか、証言してもらえる可能性がある。

美雪が軽く咳（せき）ばらいをした。床に置いてあったバッグを膝に乗せる。

「すみませんが、私はこれで失礼します。そろそろ会社に行かないといけないんです」

「あら、そうなんですね。ご苦労様。新郷さんも、引き続きよろしくお願いします」

春奈が言ったが、美雪は首を横に振った。

「私はこの件から降りますので」

「どうしてですか？　過労自殺の記事を書いたらいいじゃないですか。しばらく前にも、そんなニュースが大きく取り上げられていたわ」

「俺もそう思う。手術ミス隠しほど大きな事件ではないけど、責任者はあの脇本教授だ。それなりにインパクトがある記事になるはずだ」

美雪は白々とした表情で、それは無理だと言った。

「お二人とも察しが悪いようなので、はっきり言いますね。明石先生が過労に陥った理由が問題なんです。マスコミ対応で多忙を極めていたから、部下に仕事を押しつけただなんて、書けませんよ。私もマスコミの一員です。脇本教授の単独インタビューもやりました」

なのに脇本の責任を追及するのは、天に向かって唾を吐くような行為だと美雪は言った。

「そんな原稿をデスクに上げたら、何を考えているんだって、怒鳴られて握りつぶされるだけです」

　宇賀神は苦々しい気分で、美雪から目をそらした。彼女のこういうところが、嫌いなのだ。自分の評価を上げるためならなんでもやる一方、評価を下げそうなことには、かかわろうとしない。誰だって損得勘定はするものだが、彼女の場合は、度が過ぎる。

「新郷さん、あなた……」

　春奈は納得できないようだったが、宇賀神は言った。

「会長、説得しようとしても無駄ですよ」

　春奈は宇賀神を無視すると、「よっこらしょ」と言いながら、身体の向きを変えた。生徒を諭(さと)す教師のような目をして美雪に言う。

「確かに、立場上、書きにくい話だわね。でも、新郷さんはジャーナリストじゃない。しかもまだ若いんだから、保身なんて考えないほうがいいんじゃない？　デスクの方だって、全員が分からず屋でもないでしょう」

　声を荒らげているわけではない。表情も穏やかだ。にもかかわらず、なんともいえない威厳があった。美雪は硬い表情で言い返した。

「私はジャーナリストではなく、記者です。さらにいえばヒラ社員です」

「組織の人間だと言いたいわけ？　そんなもの言い訳にはならない。それに、保身は戦略として損なのよ。長い目で見れば、公正で愚直な人が、上に登っていくわ」
美雪は気圧されたように黙り込んでいたが、首を横に振った。綺麗ごとを言うな
と、その顔に書いてある。
「手術ミスについては引き続き取材をします。何か分かったら、お二人にも知らせま
す。ただ、過労自殺については、私はノータッチでいきます」
思い切るように勢いよく立ち上がり、出口へ向かうのを呼び止める。
「待てよ。俺も会長も、取材に協力してくれと言われて、あれこれ動き回ったんだ
ぞ。それなのに、礼の一つもなしかよ」
美雪の背中がびくっと震えた。振り向いた彼女の目が赤くなっていた。
「お時間を取っていただいて、ありがとうございました」
硬い表情で言うと、美雪は逃げるようにして部屋を出ていった。ドアが閉まると、
春奈はふくらはぎを揉み始めた。久しぶりの立ち仕事で、脚が張っているようだ。
「厳しく言い過ぎたかしら」
「あのぐらい言ってやって当然ですよ」
春奈はしばらく考え込んでいたが、やがて缶を持って立ち上がった。
「今日はこれでお開きにしましょう。明日は日曜だっていうのに、朝から厨房なんで

すよ。ゆっくりお風呂に入って、疲れを取ることにするわ」

　春奈が引き上げた後、曙医科大付属病院の精神科に勤務する医師二人に電話をかけてみた。宇賀神なりに粘ってみたつもりだったが、まともに相手にされなかった。職場で話せることでもないのかもしれない。日を改めて別の方法で接触を図ってみたほうがよさそうだ。

　診療所の戸締まりをすると、新宿駅へと向かった。駅構内のATMで十万円を引き出し、備え付けの封筒に収める。それをポケットに入れると、駅構内にある喫茶店へ向かった。欧州のパブ風の内装で、夜にはビールや簡単なカクテルも出す店だ。

　杏子はすでに店に来ていた。奥まった席で、書類を眺めながら炭酸の入った飲み物を飲んでいる。アルコールが入っているのかどうかは、見ただけでは分からないが、たぶん入っていない。

　曙医科大産婦人科准教授の杏子は、たいてい臨月の患者を抱えている。しかも、彼女たちはただの妊婦ではない。不妊治療を経ての高齢出産だったり、がんなど深刻な病気を抱えている場合が多く、急な手術を頼まれて、呼び出されることもしょっちゅうだった。

ボブカットのきりっとした横顔を見ながら、申し訳ない気持ちがこみ上げてくる。彼女の夢を支えたいと思って一緒になったのに、結果的に彼女の足を引っ張っている。

——日本の周産期医療を改革する。

それが、杏子の目標である。まずは四十五歳までに教授になり、その十年後、与党から参議院議員選挙に出馬し、厚生労働省の政務官になるという。

院内の若手医師の懇親会でその話を聞いたとき、ただのホラだと思った。ところが、詳しく聞いてみると、そうとも言えなかった。杏子は当時から若手産婦人科医として名を挙げていた。しかも、父親は一部上場の建設会社の創業社長で、地元の大物議員と親交がある。少し前にその議員から出馬要請を受けたものの、まずは教授になってこの病院の産婦人科を改革する。出馬はその後だと言って断ったと聞かされ、たいしたものだと感心するほかなかった。

懇親会の少し後に、杏子は結婚を前提とした交際を申し込んできた。宇賀神は仰天し、かつがれているのではと疑った。外見はパッとせず、融通が利かずに無愛想。当然、出世しそうもない。そんな自分に、杏子のようなスーパーウーマンがなぜ関心を持つのか、見当がつかなかったのだ。

しかし、彼女の理想の人は日本初の女性宇宙飛行士だと聞いて得心がいった。その宇宙飛行士の夫も大学病院の医師だった。妻の挑戦を面白がり、妻を支えながら医師としての勤めも立派に果たした。懇親会のとき、宇賀神が面白がって杏子の話を聞いたので、気に入られたらしい。

ものは試しだと思って付き合ってみると、杏子は宇賀神にとっても理想の女性だった。気は強いが、さっぱりとした気性で分かりやすいのがありがたかった。優しくはないが、親切だった。

実家の財力、そして育った環境に雲泥の差があるのは気になったが、この女性とならやっていけると思い、一年後に結婚した。その二年後に授かった長女は、現在七歳になり、そして、杏子は、目標としていた教授の椅子まで、あと一歩のところまでこぎつけている。

宇賀神の姿に目を留めると、杏子は笑わない目をして自分の前の席を指した。早く座れという意味らしい。着席してコーヒーを頼むと、杏子は早速切り出した。

「わざわざ会わなきゃいけない？　月に一度でも、こんなふうに時間を作るのは大変なの」

「悪いな。でも、これだけはきちんと会って渡したいんだ」

さっき下ろしたばかりの金を取り出してテーブルに載せる。杏子はため息をつくと、それを押し返した。

「私もあずさも不自由してない。むしろ、あなたのほうが大変でしょ。あんな小さな診療所の雇われ院長では、家賃を払ったら給料の三分の一はなくなっちゃうでしょうに」

「でもこれは、俺なりのけじめなんだ」

杏子は嘆息した。

「あなたがそこまで言うなら、もらっておく」

封筒を鞄（かばん）にしまいながら尋ねる。

「それより、大丈夫なの？」

猫のようなアーモンド形の目で、宇賀神を見据える。

「診療所のことか？　流行（はや）ってないけど、経営者のほうも分かってるから問題ない」

杏子は頬にかかる髪の毛をうるさそうに払った。

「さっき病院に電話をかけたでしょ。明石先生の自殺の原因が過労じゃないかと調べてるんだって？　脇本教授は飛ぶ鳥を落とす勢いよ。そんな相手に向かって拳（こぶし）を振り上げるのは、まずいわよ」

電話をかけた精神科のドクターが、注進に及んだようだ。

「そもそも、部外者が動き回ったってしようがないでしょ。私の従姉(いとこ)の弁護士を紹介しようか？　彼女のほうが、よっぽど役に立つと思う」

自分の親族には珍しく、社会派だという。

杏子の言い分は、たぶん正しい。でも、そういうふうに割り切れないのだ。

「明石とは親しかったんだ。まずは自分で調べたい。病院の連中に何か言われたら、あの男は家から叩き出したから、関係ないとでも言っとけ」

杏子が宇賀神を見据える。

「ちょっと待ってよ。あなたが勝手に出ていったんでしょ」

「今、そういう話はしたくない。それより、家に戻ったら、職員名簿のコピーをファックスで送ってくれないか。確か、俺の部屋の本棚の一番下の段に入っていたはずだ」

精神科のページを頼むというと、杏子の目がさらに険しくなった。

「だから、やめてって言ってるでしょ。大人しくしてて。あなたの元ボスは、再来年定年なのよ。そのころには、私も教授になっているかもしれない。あなたが病院に戻れるよう取り計らうから」

「だから、前にも言っただろ。大学病院には戻らない。性(しょう)に合わないんだ」

「じゃあ、何よ。あんな場末の診療所に一生いるつもり？」

「診療所の仕事をバカにするな。大学病院がそんなに偉いのか。教授がそんなに偉いのか。俺はもう、ああいう世界はうんざりなんだよ」

杏子は呆れたようにため息をついた。

「そういう言い方をされると、面白くないわね。何度も言ってるでしょ。私だって、ああいう世界は好きじゃない。でも、上に行かなきゃできないことってあるのよ。いい年をして正論にこだわってもしょうがないじゃない」

宇賀神は無理矢理、話題を変えた。

「あずさは、元気にやってるか？」

杏子は、諦(あきら)めたようにため息をつくと、髪を揺らしながらうなずいた。

「再来週の日曜に会うのよね。遊園地にでも連れていってやって」

「分かってる」

「じゃあ、そういうことで。私、もう行かなくちゃ」

杏子は、伝票を手に席を立った。

3

午後の診察を終えて院長室に戻ると、窓を開け放った。日はまだ高い位置にあった。そして猛烈に暑い。先週梅雨が明けてから、連日のように熱帯夜だったが、今日も覚悟しておいたほうがよさそうだ。

パソコンのキーボードの上に夕刊が畳んだまま置いてあった。毎日内藤イネが郵便受けから取ってきてくれるのだ。前の院長のときからの習慣だそうで、何度断ってもやめようとしない。

デスクチェアを引きながら、はっとした。新聞を手に取って広げると、ギラついた笑みを浮かべた脇本教授の写真が目に入った。

――夢の新薬、サニー製薬へ。

サニー製薬と曙医科大がDB－1の技術移転契約を結び、記者会見をしたのだ。脇本の晴れ舞台だと美雪が言っていた。

ソファに座って記事を流し読みした後、写真をもう一度眺めた。脇本は全身から自信をみなぎらせている。医師、研究者というよりやり手ビジネスマンのようだ。握手を交わしている浅黒い肌をしたサニー製薬の最高経営責任者のほうが、学者然として見えるぐらいだ。

宇賀神は、脇本の額（ひたい）のあたりを爪ではじいた。気分に似つかわしくない明るい音がした。

ノックの音がした。着替えをすませ、帰り支度をした内藤イネが立っていた。背筋がシュッと伸びているせいか、グレーと紫の中間色の年寄りじみたブラウスを着ていても、若々しく見えた。

「この後、瓦田会長がいらっしゃいますよね？」

不機嫌そうにイネは言った。機嫌を損ねているわけではない。それが彼女の癖なのだ。

春奈はこのところ毎週、金曜の夜に収集した情報を披露しに来ていたが、今日は業界団体の集まりがあるそうだ。

そう言うと、イネが眼鏡の奥の細い目を瞬いた。

「お昼休みにお饅頭（まんじゅう）を買ってきて冷蔵庫に入れておいたんです。賞味期限が今日中なんですが」

「甘いものは苦手なんだ。イネさんが持って帰って食べてください」

「ダイエット中なんですよ」

春奈はともかく、イネは体重を落とす必要などないはずだ。しかし、余計なことを言う必要もないだろう。饅頭は冷凍庫に入れ、春奈が来たときに解凍して出すと言うと、イネは苦笑を浮かべた。

「そんなことまで知っているなら、自炊をしたらどうです？　毎日うどんでは、夏バテします」

「夜は野菜も食べてますよ」

「それは結構ですが、主食はお米ではなく、ビールじゃないですか？」

図星を指されて苦笑いをするほかなかった。

「友だちを亡くして気落ちしているのは分かりますが、そろそろ忌明けでしょうから、少し控えてください」

戸締まりを忘れないようにと念を押すと、イネはドアを閉めた。

宇賀神は、壁にかかったカレンダーを見た。今日は七月二十八日。明石が亡くなったのは六月十七日だから、イネが言うようにあと一週間ほどで忌明けを迎える。それを機に、瑞枝に電話をかけ、会ってみるつもりだった。

　春奈がナースや技師たちから聞き出したところ、明石の勤務状況は、想像を絶するひどさだった。亡くなった六月の手術の件数だけをとっても、過労状態にあったのは明白だった。正式な診断を受けたかどうかは依然として不明だが、精神疾患の薬を服用していた形跡もあり、過労自死と認定される可能性はおおいにありそうだった。ただし、認定を受けるかどうか決めるのは、宇賀神ではなく瑞枝だ。

　再びノックがあった。帰ったと思ったイネが、再び顔を出した。

「どうかしましたか？」

「玄関でお客さんに会ったんです。新郷さん。例の記者さんですよね」

　美雪は、明石の過労自死について、調べる気はないと言っていた。今さら、何の用があるのだろう。ともかく、追い返しても素直に帰るはずがない。院長室に通すようにとイネに伝える。

　美雪は険しい表情で部屋に入ってきた。今日は、細身のベージュのパンツに、白いシャツという軽装だ。額に汗で濡れた前髪が張りついている。入り口に突っ立ったまま、ソファに座っている宇賀神を見た。この部屋にソファは一つしかない。宇賀神は立ち上がると、デスクチェアを引っ張ってきた。

「さっき、夕刊を見た。会見に行ったのか？」

美雪はかぶりを振った。

「それどころじゃないんです」

「まさか、手術ミスがあったとか言い出すんじゃないだろうな」

「いえ、別件です」

ＤＢ－１の臨床研究にデータ不正疑惑があると美雪は言った。

あまりにも唐突な話だった。言葉を発せずにいると、美雪は興奮気味に大型の臨床研究不正事件かもしれないと言った。

もし、美雪の言うことが本当ならば、大スキャンダルになるのは間違いないが、まったく信じられなかった。

「不正があったと考える根拠は？」

「今日の記者会見に合わせて、ＤＢ－１の特集を組む予定だったんです」

それで、認知症の専門家を取材して回ったところ、全員が効果に懐疑的だったという。

「あんなに効果があるなんて、信じられないって、皆さん口をそろえて言うんです。臨床研究は、治験と比べてデータ管理が甘くなりがちですよね。しかも、ＤＢ－１の臨床研究は曙医科大単独、つまり密室で行われたものです。データを操作して、効果を盛ったんじゃないでしょうか。第三者がデータをチェックしているそうですが、どうせ脇本のイエスマンばかりでしょうし」

大真面目に言うのを聞いて、あっけに取られた。

「たったそれだけか？」

医師が研究目的で行う臨床研究は、企業が新薬の承認申請を目的として行う治験と比べて、データの管理が甘くなりがちだという指摘は確かにある。しかし、だからといって、誰もが不正を働くわけではない。逆に言えば、その程度でいちいち不正を疑われたら、研究医はたまったものではない。

そう指摘したが、美雪は食い下がってきた。

「医療、バイオ系の論文でデータの不正操作は、珍しくないはずです」

まあ、それも事実ではある。ここ十年ほどの間に新聞沙汰になったケースがいくつもあった。しかし、「効きすぎる」という印象だけで脇本に疑いの目を向けるのは、「人を見たら泥棒と思え」と言っているのに等しい。

「脇本教授に個人的に恨みでもあるのか？」

美雪はふくれっ面（つら）になった。

「どうしてそういう話になるんですか」

「あまりにも、荒唐無稽（こうとうむけい）なことを言うからだ。不正をしたというなら、動機はなんだ」

「決まっているじゃないですか。自己顕示欲ですよ。あるいは、お金が目的だった可能性もあります。実際、曙医大はサニー製薬から五億円もせしめていますし。そのうち、何千万円かが、脇本教授個人の懐に入ると聞いています」

そう言われても、同意はできなかった。

去年の秋に研究会で成果を報告したとき、脇本は被験者の脳のＭＲＩ画像を示したはずだ。新聞記事でそれを見たが、アルツハイマー型認知症患者の特徴である脳の萎縮が、治療前後で大幅に改善していた記憶がある。

美雪は、臨床研究に不正があったと思い込んでいるようだが、すべてが想像に過ぎなかった。前の手術ミス騒ぎのときも、噂を聞いたとか言っていたが、結局違っていた。美雪は、ちょっとしたことを重大事件と思い込み、大騒ぎするタイプの記者なのだろう。しかも、騙し討ちのような手を使うのだから、厄介極まりない。

美雪とは、今後、一切かかわりを持たないようにするべきだ。不愉快だし、下手にかかわったら、面倒に巻き込まれる。

美雪は、懇願するように頭を下げた。

「臨床研究のチームは、脇本教授、サニー製薬から出向している客員研究員の村西、そして桑原という若い女性ドクターの三人です。脇本教授以外の二人に接触しようとしましたが、脇本教授があの臨床研究については、厳しい箝口令を敷いているようで、まったく相手にされません。もし、二人と面識があったら、呼び出してもらえませんか？」

「断る。二人とも知らない。それに、今の話を聞く限り、新郷さんの思い込みか妄想だ。そんなものに付き合う義理も暇もない。帰ってくれ」

「でも、本当だったら大事件じゃないですか」

「まあ、可能性はゼロじゃないな」

「だったら……」

宇賀神は肩をすくめた。

「医者や科学者がその台詞を口にしたら、実質的な可能性はゼロという意味だ」

可能性はほぼゼロだが、ゼロである証明はできないから、そう言っているのだと解説してやる。

美雪は何か言いかけたが、宇賀神は椅子から立ち上がり、ドアを指さした。

忌が明けた後の最初の休診日に、宇賀神は明石瑞枝の元を訪れた。瑞枝は、落ち着くどころか、憔悴しきった様子だった。ますます痩せ、目の下には黒々とした隈が浮かんでいる。隈が濃いというより、皮膚の色素が薄くなったような印象だった。後ろで一つにまとめた髪にも艶がない。

部屋も、この前に来たときより雑然としていた。キッチンのごみ箱からは、冷凍食品の空き袋があふれそうだし、フローリングの床に髪の毛が落ちているのも目立つ。ソファの上には、ティッシュペーパーの箱が出しっぱなしになっていた。

納骨はまだのようで、和室には先日と同じように骨壺が置かれていた。隣にあった花瓶は見当たらなかった。花を買いに行く気力もないのだろう。手土産に菓子なんかではなく、花を持ってくるべきだった。

汗だくになった首周りをハンカチでぬぐい、出された麦茶で喉を潤すと、宇賀神は切り出した。

「五十日の祭祀は明石の実家のほうで？　確か、栃木県でしたよね」

「おかげさまで無事に終わりましたが、久しぶりに外に出たせいか、ひどく疲れてしまいました」

また義父母に責められたと、瑞枝はこぼした。

「口では、あの時は言い過ぎた、申し訳なかっただなんて言ってましたが、目が私を責めていました。主人は絶対にうつなんかじゃなかったんです」

興奮したように言うのを見て、過労自殺の認定の話は、まだ持ち出せないと思った。

「お墓のことでも揉めました。あの人たちには、絶対に遺骨は渡しません」

明石の両親は、栃木にある先祖代々の墓に入れると言ったが、自分は反対だと瑞枝は言った。

「私もいずれ主人と同じお墓に入ることになるんですよ。いくら主人が一緒でも、知らない人ばかりの中に入るのは嫌なんです。だから、落ち着いたら実家の両親に手伝ってもらって、こっちでお墓を探そうと思うんです。私と、息子もいずれはそこに。主人は、山が好きでしたから、緑の多いところがいいと思うんです。都心から多少離れたら、値段もそんなに高くないようですし」

立て板に水の勢いで希望を語る彼女を見ながら、居心地の悪い気分になった。

瑞枝はまだ三十半ばのはずだ。今は亡夫のことで頭がいっぱいだろうが、三年、五年と時が経てば、再婚する可能性もないわけではないだろう。こういう場合、墓は実家に任せるものではないだろうか。それに、おそらく義父母は、感情にまかせて心無い言葉を瑞枝にかけたのを悔やみ、反省している。

しかし、それを宇賀神が指摘する必要もなかった。

「とにかく、食事と睡眠をしっかり取って、体調を戻したほうがいい。ずいぶん痩せたようです」

瑞枝は唇をかんだ。

「何を食べても味がしなくて……。実家の母も心配して戻ってこいと言うんですが、私はこの家で主人と二人きりで過ごしたいんです」

そう言うところを見ると、息子はまだ栃木の義父母の元にいるのだろう。確かに、彼女の様子を見れば、心配になる。息子を引き取るならば、自分の実家に戻ったほうがいいのではないか。それと同時に、専門家による適切なケアを受ける必要がある。

「先日、新郷さんが話していた精神科には、電話してみましたか？」

「いえ」

「行ってみたほうがいいと思います。それと、しばらく実家で静養されてはどうですか？」

瑞枝が初めて少し笑った。

「もしかして、私が主人の後を追うんじゃないかって思っているんですか？　だったら、ご心配なく。主人が、なぜ亡くなったのかを突き止めるまでは、死ねませんから。ちょっと待っててください」

瑞枝はだるそうな様子で立ち上がると、壁で身体を支えながら廊下の向こうに消えていった。戻ってきた彼女の手には、ビニールカバーがかかったA5サイズのノートがあった。瑞枝は、それを宇賀神に差し出した。受け取ると、ずっしり重かった。

「これは？」

「主人のスケジュール帳です。研究室のロッカーの鞄から見つかりました。何かヒントがあるかもしれないと思って、何度も何度も読んでます」

「僕が見ても構わないんですか？」

「どうぞ」

ページを開くと、几帳面な細かい文字で、オペや会議の予定が書き込まれていた。感想のようなものは何もなく、ひたすら予定ばかりだ。外来、オペ、会議。症例報告会。それからまたオペ。夜勤も頻繁にあったようだ。

目を通しているうちに、胸が苦しくなってきた。こんなスケジュールで働いたら、おかしくならないわけがない。そして、おそらくこのスケジュール帳は明石が過労だった有力な証拠になる。

しかし、そんなことは瑞枝にとっては、どうでもいいようだった。

「人の名前がいくつも書いてあるでしょう？　誰だか調べたんです。後輩のドクターに電話したら、すぐに全員分かりました。病院の方たちばかりでしたから。でも、主人は慎重なタイプでした。相手の名前をそのまま書いたりはしないわ。暗号になっているはずなんです」

瑞枝が何を言っているのか分からなかった。スケジュール帳から顔を上げると、異様に光る目が、宇賀神をまっすぐ見つめていた。

「付き合っていた女性とか、癒着していた業者の名前は、暗号にしてこの手帳に書き込んだはずです」

穏やかならぬ発言にギョッとした。自殺以上に信じられない。明石は女性と気軽に恋愛するタイプではなかったし、そもそも、そんな暇はなかったはずだ。業者と癒着していたとも思えない。宇賀神同様、公正さを大切にする人間だった。それとも、明石には宇賀神が知らない別の顔があったのだろうか。

「思い当たるようなことがあるんですか？」

「いいえ。さっきも言ったように、暗号が解けないんです。でも、絶対に何かがあったはずなんです」

熱っぽく言うのを聞きながら、いたたまれない気持ちになった。瑞枝は、今も明石の自殺の原因が過労によるうつだと認められず、ほかに原因を探しているのだろう。

宇賀神は、精神科の領域には詳しくない。しかし、今の彼女が正気を失いかけているのは見当がついた。少なくとも、このまま一人にしておいてはいけない。

「奥さん、実家の電話番号を教えてもらえませんか」

瑞枝は首を傾げた。

「実家って、私のですか？」

「はい。僕が今すぐ電話をかけます。確か、八王子でしたよね。お母さんに来てもらってください。あるいは、僕がこれから連れていきます。明石の車は、まだありますよね。鍵はどこに？」

瑞枝は顔を強張（こわば）らせ、あえぐように言った。

「嫌です。絶対に嫌です。主人が過労でうつだったなんて思ってる人とは一緒にいたくないんです。たとえ、母であっても、嫌なんです」

瑞枝は、明らかに混乱している。

「そう言ったのは、義理のご両親でしょう。実家のお母さんは、奥さんを信じてくれますよ。僕からも、過労が原因ではないと説明します」

瑞枝が両目を大きく見開いた。目にすがるような光が浮かぶ。

「宇賀神先生は、私を信じてくださるんですか？」

「もちろんです。明石のことを一番よく知っているのは、奥さんだ」

瑞枝の顔がぐしゃりと歪んだ。両手で顔を覆い、嗚咽を漏らし始める。

この際、方便でもなんでも使うつもりだった。ともかく、彼女を一人にしておいてはいけない。宇賀神は床に置いてあったリュックサックから、携帯電話を取り出した。

「さあ、実家の番号を教えてください」

瑞枝は泣き続けてはいたものの、素直に番号を口にした。

明石の車で瑞枝を八王子の実家に送り届け、ＪＲ中央線で都内に戻ると、もう七時を回っていた。新宿駅の地下街で先日見つけた博多うどんの店に寄り、コの字になったカウンターの中ほどに席を取った。最近できた店のようで、テーブルや椅子が真新しくて気持ちがよかった。

初めて入る店では、シンプルに釜揚げかざるを注文する習慣だが、イネの言葉を思い出して方針を変え、ごぼう天ざるにした。イネの言いなりに行動するのも癪に障るような気がして、生ビールを追加する。

ビールを半分ほど飲んだところで、うどんが運ばれてきた。半透明の細めの麺は、コシがあった。博多うどんといえば柔らかいという印象を持っていたので、意外だった。薄切りにしたごぼうの天ぷらが大量に載っている。一つつまんで食べてみた。滋味深い香りが鼻腔に抜ける。衣もカリッとしていて美味だ。

うどんをつまみ上げたとき、空いていた隣の椅子に乗せていたリュックサックからかすかな音が聞こえてきた。携帯電話のバイブレーションだ。箸を置き、携帯を取り出して画面を見た瞬間、血の気が引くのが分かった。今夜は、あずさを夕食に連れていくのだった。待ち合わせは六時半。杏子の母親が西口にある百貨店のエントランスまであずさを連れてきてくれるはずだった。

店員に断って、店の外に出る。通話ボタンを押し、電話を耳に押し当てると、杏子がため息をついた。

「なんだ、つながるじゃない」

「申し訳ない。さっきまで電車の中だったから着信に気づかなかったんだ。これからすぐに向かう。五分、いや十分もかからない」

「もういい。うちの母がファミレスに連れていってくれたから。それより、どうしたの？　急患？」

「いや」

明石の妻に会いに行ったところ、精神状態が危険なレベルにあったので、八王子の実家まで送り届けたと説明すると、さっきよりさらに大きなため息が返ってきた。

「まだそんなことをやってるんだ」

「しかたないだろ。放っておけなかったんだ」

「それは分かる。今日のところは、しようがないわね。でも、これ以上、明石先生の問題に深入りしないほうがいいわ。間違っても、遺族と一緒になって脇本教授を糾弾したりしないで」

脇本にとって、今は大切な時期だ。そんなときに、スキャンダルに巻き込んだら、脇本本人ばかりでなく、曙医大の幹部に恨まれると杏子は言った。

「大学病院に戻ってほしいのよ。あんな小さな診療所で一生を棒に振ったら、もったいないじゃない」

「診療所の仕事をバカにするな。それに、過労自死はスキャンダルじゃない」

「それはそうだけど」

誰かが杏子の名を呼んだ。

「ごめん、そろそろミーティングが始まるから。また連絡する」

そう言うと、杏子は慌ただしく電話を切った。

店に戻ると、泡が消えてしまったビールを飲んだ。苦かった。さっきはあんなに美味だったごぼう天も、味がしなかった。

食事を終え、店を出たところで、再び携帯電話が振動を始めた。あずさがかけてきたのかと期待しながら画面を確認したところ、春奈からだった。瑞枝の様子を伝え、過労自殺の話をするのは、時期尚早だと報告する。

「分かりました。それはそれとして、今から私の会社に来てもらえないかしら」

春奈が強引なのはいつものことだが、会社に呼びつけられるのは初めてだ。声もいつになく上ずっている。

「何かあったんですか？」

「新郷さんが、大スクープをモノにするかもしれないのよ。夢の新薬なんて、インチキかもしれない。それで、相談に乗ってもらいたいんです」

興奮気味に言うのを聞きながら、うんざりした。春奈にまで泣きつくなんて、美雪はどこまで図々(ずうずう)しいのだ。脇本のプライドが富士山並みの高さだと言っていたが、美雪の面の皮は、地球のマントル並みに厚いのではないか。

春奈も春奈だった。美雪の話を注意深く聞けば、思い込みで明後日の方向に突っ走っているのは、分かるはずだ。経営者のくせに、いったい何を見ているのだ。

「会長、それは新郷さんの妄想です。まともに相手にしちゃいけない」

「話を聞いたとき、私もそう思いました」

「えっ、だったら……」

「いったんは断ったんですよ。ただ、その時の彼女の台詞に頭にきちゃってね」

「彼女はなんて？」

――瓦田さんに頼んでいるわけではない。瓦田さんには、難しすぎる話だ。宇賀神先生を動かしてほしい。

よくまあ、そんな台詞を思いつくものだ。呆れて言葉もない。

「役立たずのように言われて、黙って引き下がるわけにはいきませんからね。病院で情報を収集してみたんです。そうしたら、ナースから面白い話が聞けたんです。瓢箪から駒とまでは、まだ言えませんが、とにかく、こっちに来てください。見てもらいたいものがあるんです。何時になっても構いませんから」

そこまで春奈が言うのなら、行くほかなさそうだった。

た。

「分かりました。二十分もあれば着きます」

宇賀神は携帯電話をリュックにしまうと、西口のバス乗り場へ向かって歩き出した。

カワラダメディカルの本社が入っている雑居ビルは、小滝橋通り沿いにある。バスの車窓から何度か看板を見かけたので、場所はだいたい分かる。ところが、最寄りと思われる停留所でバスを降りて、小滝橋通りを行ったり来たりしても、目的のビルは見つからなかった。携帯電話で会社のホームページの地図を見て、その理由が分かった。以前は、一階にコンビニエンスストアが入っていたのだが、それがドラッグストアに変わっていたのだ。

エントランスを入り、表示に従ってエレベーターを八階で降りると、すぐ目の前に会社の入り口があった。ドアの脇にある内線電話で、会長室に連絡すると、すぐに春奈が迎えに来てくれた。顔にびっしり汗をかいている。

廊下を歩きながら、春奈は言った。

「暑くて申し訳ないですね。このビル、フロアごとの全館空調で、土日と夜間は冷房が入らないんですよ。でも、宇賀神先生の部屋には、ＤＶＤプレーヤーがないでしよ」

見せたいものというのは、映像のようだ。

会議室というプレートがかかっている部屋の前で春奈は足を止めた。軽くノックをして、ドアを開ける。

十数人が入れる部屋だった。化粧板が剝げかかった長テーブルが、ロの字に並んでいる。小滝橋通りとは反対側に面した窓が開け放ってあったが、蒸し暑さは廊下と変わらなかった。

窓を背にした席に、女性が二人座っていた。一人は美雪だった。かっちりとした水色のワンピースを着ている。

「宇賀神先生、お忙しいところ、ありがとうございます」

悪びれた様子はなかった。むしろ、得意げである。美雪には言いたいことが山ほどあった。しかし、もう一人の若い女性のほうが気になった。昭和の時代を思わせるおさげに丸顔。どこかで会った記憶がある。

「お久しぶりです。刈谷です。覚えていらっしゃらないかもしれませんが」

顔に似合わぬハスキーな声だった。しかも早口だ。

それを聞いて思い出した。病棟ナースの刈谷紗英だ。新人時代、消化器内科の病棟を担当していた。技術的には未熟だが、気が利くナースだった。

「刈谷さんには、私の正体を明かしました。もちろん、ほかの人に口外しないと約束してもらっています」

春奈はそう言いながら、部屋の隅にあるテレビ台に向かうと、慣れた手つきでリモコンを操作し始めた。

「まずは映像を見てもらいましょう。問題の箇所まで、早送りしますね」

画面が明るくなるのと同時に番組のタイトルが映し出された。それを見て、すぐに分かった。春奈が見せようとしているのは、脇本教授を取り上げた全日放送のドキュメンタリー番組だ。三倍速で流れていく映像を見ながら春奈が言う。

「去年の秋に番組を見たときに、違和感があったと刈谷さんが言うんです。それで、改めて確認してもらおうと思って」

社員にメールを流し、番組を録画した人を探したところ、すぐに見つかったので、DVDに焼いたものをバイク便で送ってもらったという。

「この辺りかしらね」

画面が、再生モードに切り替わり、宇賀神も見覚えのある場面が流れ始めた。臨床研究の被験者が、居間でソファに座ってお茶を飲んでいる場面だった。七十歳前後に見える小柄な老婦人で、薄紫色のゆったりとしたシャツを着ている。プライバシーに配慮するため、顔はぼかしてあった。本名も明かされず、「被験者Aさん」というテロップが表示されている。年齢は七十四歳だ。

「画面の右端に、撮影は曙医大というキャプションがあるでしょ」

「ええ」

脇本教授の研究チームの誰かが、研究用に撮影したものを提供したのだろう。

画面の外にいる娘さんという女性が、老婦人に声をかける。

――おばあちゃん、昨日の晩御飯、覚えてる？

老婦人は少し考えた後、答えた。

――筑前煮（ちくぜんに）と冷ややっこ。あと、なすのおみおつけ。味つけが薄くてね。

――血圧が高いから、しようがないでしょ。今朝は、いくつだった？

――上が百五十、下が百十。でも、お薬はちゃんと飲んでるわ。

そう言うと、老婦人はカメラ目線になった。

――この年にしては、そんなに高くないですよね、先生。

慌てたように女性が言う。

――先生に話しかけたらダメでしょう。

たしなめられた老婦人は、「失敗した」と言いながら、両手を口元に当て、おかしそうに笑い出した。

映像は、そこで止まった。

「刈谷さん、どう？　やっぱり、別人だと思いますか？」

春奈が尋ねる。美雪がはっとしたように紗英を見た。

「まさか、被験者とは違う人なんですか？」

紗英は首を横に振った。

「いえ、被験者はこの女性で間違いありません。私が担当したので、はっきり覚えています。入院中は家族の顔がよく分かっていなかったし、こんなふうに笑ったりしていなかったから、まるで別人のようだとは思いましたが」

美雪の大きな目に落胆の色が広がった。

「それは、おかしくもなんともないと思います。ＤＢ－１は、効果が現れるまでに時間がかかるんです。ちょっと待ってください。記者会見の時に書いたメモを確認しますから」

美雪はトートバッグからノートを引っ張り出し、素早くページを繰った。「ここだわ」と言って、メモを読み上げ始める。

「ＤＢ－１は一週間にわたって一日二回投与されました。入院はその一週間後までの合計二週間。その後は週に一度通院していて、病状の改善を確認したのは二度目の通院日。ＤＢ－１の投与から、およそひと月後です」

「だったら、別人に見えて当たり前だな」

「ですよね」

珍しく宇賀神と美雪の意見が一致した。しかし、違和感を覚えたのはその点ではないと紗英は言った。

「効果が出るまでにタイムラグがあるのは、私も知っています。そうではなくて、被験者と話している女性が違うんです」

被験者は、五十代の娘に連れられてやってきた。母親をいったん老人ホームに入れたものの、家に帰りたがって泣きわめくので、しかたなく仕事を辞めて、実家で母親の世話をしているという。

「その方は、かわいらしい声をしていました。私、自分がこんなガラガラ声だから、羨ましいなって思いました。でも、今の女性の声は低いですよね。それに、娘さん、独身でした。子どももいないと思います。その場合、自分の母親はおばあちゃんではなく、お母さんって呼びませんか？」

あの動画は、治療の結果、自然な会話ができるようになった母娘（おやこ）の様子を撮影したものという説明だったが、そうではないと紗英は言った。

「そのときは、単純なミスだと思いました。娘さんではなく、たとえば研究チームのドクターとか通いのヘルパーさんが被験者とやり取りしている動画を間違ってテレビ局に渡しちゃったんだろうなって。もしそうであっても、視聴者から見たらヤラセになりますよね」

発覚したら問題になると思い、放送後、しばらく気を揉んでいたが、何事も起こらなかった。被験者や家族は、誤った動画が使用されたことに当然気づいたはずだが、治療自体は成功しているわけで、特段問題とは考えなかったのだろう。

だったら、自分がわざわざテレビ局に知らせるまでもない。ほかのナースやドクターも何も言っていないし、自分一人の胸にしまっておこうと決めた。最近では、そんなことがあったのも、すっかり忘れていた。

「瓦田さんから、臨床研究の結果が、嘘だったかもしれないと聞いて、はっとしました。あのときは、単純なミスだと思い込んでいました。でも、そんな疑惑があるなら話は別です。何か裏があるのかもしれません」

あの被験者は、妄想や勘違いが多かった。普通にしゃべっているように見えても、五分も話せば、辻褄（つじつま）が合わないことだらけになる。ただ、会話ができないわけではなかった。相手をする人間が、話をうまく合わせてやれば、短時間なら自然なやり取りを演出できるかもしれない。

美雪の目が、爛々（らんらん）と輝き始めた。

「完全なねつ造というわけね！」

そう決めつけるのは早計だが、確かに不可解だ。

重要な研究や論文を発表する際には、細心の注意を払う。テレビ局に動画を渡す場合も同じだろう。放送前に内容を確認する機会もあったはずだ。なのに、動画の取り違えに気づかなかったなんて、あり得るのだろうか。

そもそも、ドキュメンタリー番組を作る際、テレビ局は自前のクルーで被験者や家族を撮影するはずだ。脇本教授側が撮影した動画を使用していること自体、考えてみれば不自然だ。

「宇賀神先生は、どう思う？」

春奈に聞かれ、宇賀神はうなずいた。

「おかしいと思います。ただ、これをねつ造の証拠だというのは乱暴だ。まだピンとこないんだ。あの脇本教授が、ねつ造なんかするだろうか」

世界的に注目を集めているDB－1の臨床研究で結果をねつ造しても、いつか必ず発覚する。それが分からない脇本ではないはずだ。

「それより、間違った動画を意図的に使った可能性が高いと思う。たとえば、家族が出演を拒否したから、撮影してあったそれっぽい動画を提供したとか。つまり、ヤラセの一種だな」

ヤラセだったとしても、問題はおおいにあった。

「被験者や家族の話を聞けば、すぐに事実が分かるはずです。刈谷さん、被験者の名前や住所、知りませんか？」

美雪が言うと、紗英はおさげ頭でこくりとうなずいた。

「被験者は、平出(ひらで)園子(そのこ)さんです。ただ、住所は分かりません」

美雪は畳みかけた。

「調べてもらえませんか？」

紗英は困惑するように丸い目を瞬いた。

「それはちょっと……」

臨床研究の被験者は、通常の看護記録とは別に、研究チームが保管している。それには、自分の権限ではアクセスできないという。

「そこをなんとかお願いできませんか？　何かうまい理由をつければ……」

粘ろうとする美雪を宇賀神は一喝した。

「自分で取材しろ。刈谷さんに迷惑をかけるな。テレビ局とのやり取りをしたのは、おそらく村西だ。彼をとっつかまえて、吐かせればいいじゃないか」

「そんなに簡単にいくわけないですよ」

ふくれっ面になった美雪に、宇賀神は言った。

「俺も知り合いを当たってやる」

美雪が驚いたように眉を上げる。

「脳神経科のドクターに話を聞いてもらえるんですか？　どなたに？」

「それは言えない。相手に迷惑をかけたら申し訳ない」

脳神経科の内科系で講師をしている朝比奈安江に接触するつもりだった。彼女は、DB－1の研究チームに入ってはいないが、認知症の専門家だ。臨床研究について、ある程度のことは知っていそうだ。

そして、彼女は脇本から冷遇されていた。何か知っていれば、教えてくれる可能性がある。

「あと、これはバーターだからな」

「バーター？」

当分先になりそうだが、もし明石瑞枝が、夫の自死を過労によるものだと考え、認定を受けることに決めたら、協力してやってほしいと頼む。美雪は、嫌そうな顔をしたが、思い直したようにうなずいた。

「まあ、なんとかなるでしょう。脇本教授がねつ造犯だったら、袋叩きになります。明石先生の自殺の遠因がマスコミにあるなんて話は、どうでもよくなると思いますから」

嫌な計算をする女だと思いながら、宇賀神はため息をついた。


翌々日の診察終了後、診療所にやってきた朝比奈安江は、白髪交じりの髪をひっつめにして、古臭い形の金属フレームの眼鏡をかけていた。なめし革のような質感の色黒の肌が、ひどく不健康な印象だ。

ソファに浅く腰かけると、宇賀神が渡したペットボトルのお茶を飲みながら、好奇心をあらわにして院長室を眺めまわした。

「いい部屋ね。月給はどのぐらいもらってるの？」

ほっとけと言いたいところだが、わざわざ足を運んでもらったのだ。無下にはできなかった。

「三十五万です」

朝比奈は、顔を大げさにしかめた。医師にしては少なすぎると言いたいのだろう。

「妥当な額ですよ。患者が少ないから、仕事も少ない。それより、今日はお呼び立てして申し訳ありませんでした」

朝比奈はつまらなそうな表情になると、脚を組んだ。

「明石先生の勤務状況でも聞きたいの？　遺族を焚きつけて、過労自死の認定を受けさせようとしてるんでしょ」

偏屈で人嫌いの朝比奈が知っているぐらいだ。病院中に知れ渡っているのだろう。杏子が気を揉むのも無理はない。

ただ、今日は明石の話を聞きたいわけではなかった。

「そうではなくて、ＤＢ－１の臨床研究について聞かせてほしいんです。専門家の間では、あんなに効果があるはずがないという声が上がっているとか」

朝比奈は、ギョッとしたような顔をすると、眼鏡のブリッジを右手の中指で押し上げた。

「もしかして、結果を疑ってるわけ？」

そこまでのことではない。しかし、ドキュメンタリー番組で使われた動画に不審な点があると告げる。

「あの番組で紹介された被験者が、どこの誰か分からないでしょうか」

「興味深いわね。不審な点というのを詳しく教えて」

「いえ、それはちょっと」

朝比奈は、脇本に冷遇されている。しかし、だからといって、こっちの味方とは限らない。刈谷紗英から情報を得たと知られたくなかった。

「まあいいわ」

朝比奈は脚を組み替えた。膝の上に頬杖（ほおづえ）をつきながら話し始める。

「残念ながら、分からない。私は蚊帳（かや）の外だからね。DB－1の研究チームに入っていないのよ。入れてもらえなかったと言ったほうが正確ね。脇本大先生は定年間近の万年講師に、栄光のおすそ分けをするほどお人好しではないんでしょう。情報すら、教えてもらえない」

「研究チームの桑原マキというのは？」

「ああ、桑原さん。彼女とは脇本教授が赴任する前までは、一緒にやってたんだけど、DB－1の研究チームに抜擢（ばってき）されてから、私とは口も利こうとしないのよ。私は脇本教授に肩叩きされている身だからかかわりたくないんでしょう。そういうわけで私が彼女から被験者の素性を聞き出すのも無理」

取りつく島もなかった。空振りのようだ。しかし、せっかく来てもらったのだ。DB‐1について、朝比奈の意見を聞いておきたかった。

「先生も公表された臨床研究のデータはご覧になっていますよね。どう思われますか？」

朝比奈は皮肉っぽい笑みをひっこめた。学者らしい顔つきになり、膝をそろえて座りなおす。

「疑念を抱く人がいるというのは理解できる。信じられないほど素晴らしい効果だもの。ただ、あの臨床研究に不正があったとは思わない」

昨年、一昨年と臨床研究に先立って行われた動物実験で、DB‐1の効果は証明されている。別の研究チームによる追試でも、同じ結果が出た。臨床研究で明確な効果があっても、不思議ではない。

「そもそも、脇本教授がねつ造なんてするわけないと思う。臨床研究でデータを不正操作しても、治験でばれるに決まっているもの。パワハラ三昧（ざんまい）の嫌な教授ではあるけど、それが分からないような人じゃないでしょ」

「サニーから技術移転料を引き出すため、とは考えられませんか？」

美雪の仮説を披露すると、朝比奈はバカにするように肩をすくめた。

「サニーを騙してお金を引き出したってこと？　確かに、五億のうち、三千万円が脇本教授に入ったみたい。でも、臨床研究で不正があったと後でばれたら、契約は解除されて、違約金を請求されるんじゃない？」

「それもそうですね」

「だいたい、サニーを騙せたとも思えない。臨床研究を実質的に取り仕切っているのは、サニーから来ている村西さんだもの」

村西の目を盗んで、データを操作するのは不可能だ。村西が自分の会社を騙す片棒を担ぐはずもない。

「動画が不審だったとしても、臨床研究の結果そのものを疑うのは、行き過ぎよ。疑わしいと言ってる人たちは、脇本教授に対する嫉妬か恨みで、目が曇っているんじゃない？」

宇賀神はうなずいた。

動画に不審な点があるのは事実だ。しかし、それはミスかヤラセのどちらかであり、臨床研究の結果そのものに影響はないのだろう。つまり、脇本が研究不正を働いたというのは誤解だ。

「それはそうと、私も宇賀神先生に聞きたいことがあるの」

だから、ここに来てみる気になったのだと朝比奈は言った。

「私ね、来年、定年なのよ。診療所をやりたいと思っているんだけど、先立つものがなくてね。宇賀神先生は、どうやってここの院長に収まったの？」

後継者を探している医療機関の経営者と、開業を目指す医師とのマッチングサービスに登録してみたのだが、まったくオファーがないのだと朝比奈は言った。

「ちょっと見て」

朝比奈はバッグからファイルを取り出した。その中から、一枚紙を抜き出して宇賀神に見せる。後継者を募集している経営者の一覧表だった。後継者としてほしい人材の条件が書いてある。

「まず年齢で引っかかるのよ。それと、前職が大学病院っていうのも、歓迎されないみたい。しかも、私は内科の臨床経験がないし」

「僕の場合は、紹介してくれる人がいました」

朝比奈はため息をついた。

「となると、ますます望みは薄そうね。私は人に好かれる性格じゃないから」

「そんなふうに決めつけなくてもいいんじゃないですか？　縁なんてどこに転がっているか分からない」

朝比奈の頬に皮肉っぽい笑みが浮かんだ。

「じゃあ、宇賀神先生が私を誰かに紹介してくれる？」

「それは……」

「気休めってね、言うほうは気持ちいいんだろうけど、言われたほうは腹が立つものよ」

朝比奈は、資料を戻そうとファイルを開いた。その拍子に薄いピンク色のチラシがファイルから滑り落ちた。宇賀神のほうに飛んで来たので、拾ってやろうと手を伸ばしたが、その前に朝比奈がひったくるようにチラシをつかんだ。資料と一緒にファイルに戻す。

「ま、機会があったら、よろしくお願い」

気のない様子で言うと、朝比奈は席を立った。

4

八月十日から、十五日の終戦の日までの六日間、淀橋診療所は休診だった。初日の午前中、経営者の老医師がお盆休みを自宅で娘一家と一緒に過ごすために老人ホームから戻ってきた。宇賀神は内藤イネとともに、院長室で老医師に経営状況の報告をした。

一言で言えば、赤字の垂れ流しである。気まずい思いでイネがまとめてくれた収支報告書を渡したのだが、老医師は「こんなものだろう」と言って笑った。

昼は、老医師が暑気払いだといって奮発してくれた出前のうな重を三人で食べた。空になった重箱をうなぎ店の出前持ちに返却すると、宇賀神の夏休みが始まった。

六日間は丸々不正疑惑の調査に充てるつもりだった。まずは、一昨日の顚末(てんまつ)を春奈に報告だ。電話をしてみたところ、春奈は宇賀神を訪ねようとしていたところだという。

二階に老医師がいるので、春奈の会社に出向くと伝えたが、盆休みで今日もエアコンが入っていないという。しようがないので、大久保駅に近いカフェで十分後に落ち合うことにした。

店の中に入ると、春奈は奥まった席で生クリームを山盛りにしたパンケーキを食べていた。見ているだけで、胸やけがしてきそうだ。

「宇賀神先生は、お盆休みですよね。家族サービスはいいんですか？」

「妻は仕事です。娘はバレエ教室の夏合宿で軽井沢に今朝発(た)ちました」

帰京は十五日だと言うと、春奈は大きな目をさらに丸くした。

「バレリーナになりたいわけじゃないんでしょ。だったら、夏休みは家族で思い出作りをしたほうがいいと思いますけどねえ。うちの孫は、息子夫婦と一緒に千葉の館山(たてやま)で海水浴ですよ。病院に派遣している社員たちは働いているから、私は東京に残りましたけどね」

春奈の息子を少し羨ましく思いながら、コーヒーを注文し、朝比奈の話を手短に報告した。聞き終わると、春奈は言った。

「新郷さんのほうは、被験者や家族をつかまえられたのかしら？」

「連絡してみましょうか」

　宇賀神は携帯電話を手に店を出た。エアコンで冷えた身体に、じりじりとした日差しとアスファルトからの照り返しが突き刺さる。電話をかけると、美雪はすぐに出た。

「村西や被験者はつかまったか？　今後の段取りについて相談したいんだ」

「それどころじゃないんですよ。あと十五分で夕刊の締め切りなんです」

　美雪の声は切迫していた。

「何か動きがあったのか？」

「夕刊を見てください。あと、今日は夜まで電話は取れません。五時から曙医大で記者会見があるんです」

　電話はそれで切れた。宇賀神は腕時計を確認すると、二時にもなっていなかった。いったい何があったというのだ。気になってしようがない。

　宇賀神は曙医大付属病院の代表番号に電話をかけた。脳神経科の朝比奈を呼び出す。運よく朝比奈は研究室にいた。

「ああ、宇賀神先生。今、ウチの研究室はてんやわんやの状態よ」

　夢の新薬は幻だったようだと朝比奈は言った。宇賀神は、唾を飲み込んだ。

「脇本教授がデータの不正操作かねつ造を認めたんですか？」

認めてはいないが、その可能性は高いだろうと朝比奈は言った。

「昨日の夜、記者が脇本先生の自宅に直撃取材をかけてきたんだって。ドキュメンタリー番組で放映された動画で被験者と会話している女性が、被験者の家族とは別人なんですって。研究不正があったんだろうって追及されたらしいわ」

「それで脇本教授は？」

「バカバカしい、不正などない。そう言って、追い払ったそうよ。ただ、念のために、今朝、研究チームの桑原さんに確認したの。そうしたら、彼女、真っ青になってね。村西さんが不適切な動画をテレビ局に渡したようだ、と言い出したのよ」

彼女は臨床研究を始める前に、被験者の自宅を訪問して、自宅でどんな様子かチェックをした。

「そのときの動画の一部を切り出したものだそうよ」

桑原は放送を見て間違いに気づき、すぐに村西にどういうことかと詰め寄った。村西は「テレビに動画を提供するのを許可してくれた被験者はその人だけだった」と説明し、なのに、治療後の動画が見当たらず撮影しなおす時間的な余裕もなかった。被験者やその家族には、了解を取ってあるから、黙っていてほしい」と彼女に頼んだそうだ。

今朝、教授室に呼び出した桑原から顚末を聞かされた脇本は、一瞬、呆けたような顔をした。次の瞬間、顔を歪め、唾をまき散らしながら桑原に罵詈雑言を浴びせかけた。その様子はまるで昔の日本映画に出てくる鬼軍曹のようだったという。

「朝比奈先生もその場にいたんですか？」

「ええ。尋常ではない怒鳴り声が聞こえてきたものだから、何ごとかと思って教授室に行ってみたの。私のほかにも医局員が何人か駆けつけていたわ」

脇本はもともとパワハラ気質の人間である。部下を罵倒することは度々あったが、ここまで激高するのは初めてだったそうだ。暴言を吐くだけでは飽き足らなかったのか、そのうち桑原を小突き始めた。

その時点でようやく医局員の一人が脇本を制止した。そして、不始末の張本人は桑原ではなく、村西だと指摘した。

脇本はそれで我に返ったのか、ため息を吐くとその医局員に命じて村西を電話で呼び出そうとした。ところが、何度かけても村西の携帯電話はつながらなかった。

脇本は両手を後ろで組んで教授室の中を行ったり来たりしながら、「こうなったら被験者やテレビ局と口裏合わせをして、マスコミの追及をごまかす」と言い始めたという。

朝比奈は含み笑いをもらした。

「呆れちゃうでしょ。でも、脇本先生らしいなって思った。他人に頭を下げるのが嫌いな人なのよ。でも、そう簡単にごまかせるとは思えなかった。そもそもごまかす必要もないのよ。だって不適切な画像をテレビ局に提供しただけでしょ。事実関係を認めて謝ればすむ話なのよ。そして研究成果そのものには問題がないと示せば、一件落着というわけ。誰だってそう考えるわ」

その場にいた医局員たちに説得され、脇本は不承不承、不適切動画の提供を認め、謝罪すると決まった。

研究成果そのものに問題がないと訴えるには、真正なデータを提示する必要がある。そこで、データを確認しようとしたところで、さらに重大な問題が発覚した。動画を含むデータ管理に使っていたパソコンが消えており、別の記録媒体にバックアップされていたデータも消去されていたという。

通常の診療で使用する電子カルテには、改ざん防止機能がついている。しかし、研究チームは情報の漏洩(ろうえい)を恐れ、独自のシステムで画像や被験者情報を管理していたという。

「状況から考えて、ねつ造ね」

「ＭＲＩの画像は？　あれは、去年の秋、研究会で報告したものですから、どこかに存在しますよね」

「それはそう。ただ、さっきも言ったように、生データがないのよ。被験者本人のものだと、証明できないみたい」

まさかとは思っていたが、本当に臨床研究の結果が、偽りだったとは……。

曙医大には、これから激震が走る。あれだけ注目を集めたＤＢ－１の臨床研究の結果が、ねつ造されたものだと認定されたら、脇本の研究者としての人生は大打撃を受ける。

「五時からの記者会見が見ものだわ。ワイドショーのテレビ中継が入るらしいから、宇賀神先生も見たほうがいいわよ」

いい気味だとでもいうように低い声で笑うと、朝比奈は電話を切った。

カワラダメディカルの会長室で、宇賀神は春奈と一緒に中継が始まるのを待った。

会長室とは名ばかりの質素な部屋だった。一目で安物と分かるスチール製の事務机が窓を背に配置され、中央には六人掛けの会議用テーブル。壁の二面を埋めているパイプ棚には、色やサイズが様々なファイルが、あふれんばかりに詰め込まれていた。

部屋の隅にあるテレビも、会議室にあったものの半分ぐらいのサイズだ。

宇賀神はテーブルで会見が始まるのを待った。扇風機をつけていても、うだるような暑さだった。拭いても拭いても、汗がとめどなく噴き出してくる。春奈など、もはや諦めてしまったようで、事務机にハンカチを広げ、その上に大きな丸い顔を突き出している。

「あっ、脇本教授が入ってきたようです」

キャスターが叫ぶのと同時に、カメラのフラッシュが光り始めた。大量の虫が羽ばたいているような不気味な音が聞こえてくる。

その中を脇本は堂々とした足取りで入ってきた。顔色こそ悪かったが、白衣をビシッと着込んでおり、平然とした表情だ。記者席のほうを向くと一礼もなしに着席し、目の前のテーブルに肘をついて両手を組んだ。顔色を除けば普段通りの脇本だ。しかし、次の瞬間、そうではないと宇賀神は悟った。組んだ両手が細かく震えている。自分でもそれに気づいたのか、脇本は両手をさっとテーブルの下に隠した。

いつの間にか司会席に大学の広報担当者がついていた。見ているほうが気の毒になるほどおろおろしている。マイクを握ったものの、どのタイミングでなんと言葉を発したらいいのか、分からないようだった。

フラッシュが治まると、最前列の記者が手を伸ばし、会場係の若い男性にマイクを要求した。

「東西新聞の宮地と言います。まずは、事実関係から確認させてください。去年の秋、全日放送のドキュメンタリー番組で紹介された被験者の動画は、治療後に家族と撮影したものではなく、治療前に撮影されたものだった。さらに、被験者はすでに別の疾患で亡くなっているというのは、本当ですか？」

宇賀神は、はっとした。

不正な動画を使用したばかりか、被験者が死亡したのを隠していたのか。ヤラセだったとしたら、相当悪質だ。

夕刊の時間には早かったが、ネットに美雪の記事が出ていて、それに基づいて質問しているようだ。読みたかったが、まずは会見に集中したほうがいい。

脇本教授は被験者の死亡を把握していたようだ。軽くうなずくと、張りのある声で話し始めた。

「担当者が真正な動画を紛失し、別の画像を加工して、全日放送に提供したようです。その際、被験者が死亡したとも伝えませんでした。形として、不正確な情報を提供してしまった。被験者および家族の方々、全日放送並びに視聴者に、多大なご迷惑をおかけしましたことを謝罪します」

脇本教授は立ち上がると首を前に傾けた。頭を下げたつもりのようだ。顔を上げたとき、ギリシャ彫刻のような彫りの深い顔立ちに、険しい表情が浮かんでいた。

「でも、だからといって、臨床研究の結果がねつ造だと言われるのは心外です。去年、研究会で発表した被験者の脳のＭＲＩ画像を見れば、脳の萎縮が改善しているのは一目瞭然でしょう」

脇本が着席すると、記者席から鋭い女性の声が上がった。

「脇本教授！」

カメラが切り替わり、美雪の横顔が映し出された。唇を引き結び、背筋を伸ばしている様子は、ほれぼれするほど凛々しかった。小走りにやってきた会場係からマイクを受け取ると、美雪はすっと立ち上がった。上背がある分、迫力もある。

「中央新聞社会部の新郷です。真正な動画を見せてください。三人の被験者のうち、どなたのものでも構いません。個人情報が問題になるなら、顔にぼかしを入れ、音声を変えてください。昨夜も今朝も、そうお願いしました。見せていただけていたら、ねつ造の疑いがあるとまでは書きませんでした」

「担当者が出張中で連絡がつかない。だから、動画の所在が分からないんだ。今朝、事務方からそう説明したはずだ」

脇本が強い語調で言ったが、美雪も一歩も引かなかった。

「緊急事態に半日以上、担当者と連絡がつかないなんて、あり得ないと思います。治療後の動画なんて存在しないから、出せないのでは？」

「失敬な。見つかったら出すと言っているだろう。とにかくＤＢ－１の効果は間違いなく本物だ」

脇本は吐き捨てると、そっぽを向いた。苛々と指でテーブルを叩き始める。

記者席の後方で手が挙がった。丸眼鏡をかけた線の細そうな男性だ。マイクを受け取ると、男性は間延びした声で話し始めた。

「あのー、科学新報の渡辺（わたなべ）です。治療後の動画がすぐに出てこないのなら、至急、被験者に撮影させてもらっては、いかがですか？　被験者は三人でしたから、まだ二人いますよね」

会場のあちこちで、同意の声が上がった。

別の記者が挙手して発言する。

「先方が、テレビ電話機能のついた携帯電話を持っていれば、この場ですぐに確認できます。そうしてもらえれば、非常に助かるんですが」

世界的に注目を集めているDB－1の臨床研究に不正疑惑があるなら、大ニュースである。サニー製薬の株価は暴落するだろう。報じるには、それなりの根拠が必要なのだ。

突然、鈍い音がした。脇本がテーブルを叩いたのだ。脇本は記者たちを一喝した。

「非常識だ！　被験者のプライバシーはどうなる。君たちはマスコミで働く人間のくせに、その程度の配慮もできないのか！」

鬼のような形相と迫力ある声に気圧されたように、記者たちは静まり返った。脇本は会場を見回すと、拳を口元に当てて軽く咳払いをした。

「ともかく、少し時間をいただきたい。真正なデータが見つかり次第、提供する。それを見てもらえば、研究不正などなかったことは理解してもらえるはずだ」

さっきの朝比奈の話が本当なら、真正なデータが見つかるかどうかは、はなはだ疑問である。仮に見つからなかったら、どうにかしてごまかすつもりなのだろう。記者席をにらみつけている脇本の様子を見ると、そうとしか思えなかった。

そのとき、一人の女性記者が手を挙げた。

「全日放送の熊谷（くまがい）です」

問題のドキュメンタリー番組を放送した局の記者だ。美雪と同年配の地味な雰囲気の女性だった。

マイクを受け取ると、熊谷は言った。

「実は、一分ほど前にウチの五時のニュースで報じたのですが、被験者の家族は、DB－1の効果に懐疑的でした」

脇本の顔が驚愕で歪む。

「そんなはずはない。私は、DB－1の投与が終わっておよそひと月後の外来診療のとき、被験者が家族とにこやかに会話を交わすのをこの目で確認した。家族もたいそう喜んでいた。三人ともそうだった」

熊谷は、淡々と続けた。

「家族への取材が不十分だった落ち度が弊社にはあります。今夜十時のニュースで、被験者の娘さんが証言し、弊社の局長が経緯を説明して、謝罪をします。ただ、やはりこの状況を考えますと、中央新聞さんと同様、私どもも、この臨床研究には疑義があると考えています」

脇本は蒼白な顔で首を横に振った。

「DB－1の効果は確かにあった。データ管理は、部下に任せていた。今、言えるのはこれだけだ」

「では、ねつ造は担当、つまり共同研究者が勝手にやったことだとおっしゃるんですか？」

熊谷に詰め寄られ、脇本は唇をぐっとへの字に曲げた。身体中に充満した怒りを飲み下すように喉を動かす。

「ノーコメントだ！」

そう言い捨てると、脇本は白衣の裾を翻しながら、大股で出ていった。

「会見はこれで終了です！」

広報担当者が泣きそうな顔で叫んだ。画面がスタジオに切り替わる前に、美雪の横顔がチラッと映った。彼女の目は、怒りに燃えていた。歯ぎしりでもしていそうな表情で、一点を見つめている。全日放送と同時とはいえ、ねつ造の第一報を放ったのだ。得意満面だと思っていたので、不思議だった。

春奈が団扇(うちわ)を盛んに使い始めた。

「脇本教授は、万事休すですね」

「ええ。かなり厳しい状況でしょう」

明日の新聞やワイドショーは、世界的な医師の臨床研究不正疑惑の報道一色となるだろう。

「それより、新郷さんは、どうやって被験者の家族に連絡を取ったのかしら？」

それは記者会見を見ていて、想像がついた。

美雪はドキュメンタリー番組を作った全日放送の記者に頼み込んだのだ。番組で使用した動画がおかしいという情報を提供し、それと引き換えに、被験者の連絡先を教えてもらったのだろう。そして、双方で話し合い、同じタイミングで第一報を報じた。

「会長、中央新聞は取ってますか？」

「新聞は取っていないけど、ネットで見られるでしょう」

いそいそとパソコンを操作し始める。

「これだわ」

春奈の隣に行き、一緒に画面をのぞき込んだ。最後まで読み終えると、もう一度、読み返し、首をひねった。

「変ですね」

春奈もうなずく。

全日放送の記者は、被験者の家族が効果に懐疑的だったと言った。それが記事に盛り込まれていないのだ。不適切な動画が使用され、患者がすでに死亡しているというところまでだ。

　それで分かった。おそらく、最初に被験者に接触したのは、全日放送だ。熊谷は被験者の家族に口止めをして、効果に疑いを持っているという彼らの証言を自分たちだけのスクープにしたのだろう。美雪が怒り心頭だったのは、そのせいだ。

　宇賀神がそう言うと、春奈は目を輝かせた。

「まさに生き馬の目を抜く世界ですね。もっと詳しいことが聞きたいわ。新郷さん、今夜は時間を取れないでしょうか」

「それは無理でしょう。これから記事を書くはずだ」

「じゃあ、日を改めて慰労会でも開きましょう。刈谷さんも呼んで。彼女が動画の不自然さに気づかなければ、こういう展開にはならなかったはずです。彼女も、このスクープの功労者だわ」

　この近くに三十年来行きつけにしている韓国料理店があるから、会場はそこにしようと春奈は言った。

「僕は遠慮しておきます」

　辛いものは苦手だった。翌日、高い確率で腹痛を起こしてしまうのだ。それに、酒を飲みながら、スクープバンザイと言って、盛り上がる気分ではなかった。

臨床研究の結果がねつ造だった疑いが濃厚になり、宇賀神は激しくショックを受けていた。

状況から考えて、おそらくねつ造は村西の仕業だ。動機は不明だが、そうとしか思えない。

それにしても、脇本ほどの人間が、簡単に騙されるものだろうか。独善的で鼻持ちならず、医師としても研究者としても尊敬できない人間だったが、実力は本物だと信じていた。

そして、明石が哀れだった。彼が過労に追い込まれたのは、DB－1の臨床研究の結果が画期的だったため、脇本教授が脚光を浴び、多忙になったからだ。結果が、ねつ造されたものだったら、彼はいったい何のために身を削るようにして働き、そして死んでしまったのだろう。

腹が立ってしようがなかった。同時に虚しさも覚えていた。DB－1が幻の薬だったとしたら、明石はまるで犬死にだ。

記者会見の当夜から、脇本教授への猛烈なバッシングが始まった。

その夜、被験者の娘が全日放送のニュース番組にモザイク付きながら登場し、「脇本教授や村西先生に効果が出ていると言われたが、実際にはなかったと思う」と証言したからだ。

被験者である母親のMRI画像を見せられ、脳の萎縮が改善したのを確認した。だから、今後、よくなっていくのだろうと思い、そのときを待っていたら、脳出血で亡くなってしまったという。

彼女は、昨年秋のドキュメンタリー番組が放映された際、不正な動画の使用を許可した理由も赤裸々に語った。

「インパクトがある内容の番組にしないと、今後の研究資金の獲得が難しくなる。効果があったのは確かなのだから、治療前の画像を使わせてほしい」

村西にそう言われ、断れなかったそうだ。

つまり、村西が桑原に語ったとされることも、脇本が記者会見で話したことも、すべてが真っ赤な嘘だったのだ。

テレビや新聞、雑誌は脇本教授を徹底的に叩いた。もともと、アクの強い人物である。「関係者」や「知人」がテレビのワイドショーに何人も登場し、脇本教授の日頃の不遜さや、非道ぶりを語った。

一般の人も、インターネットのSNSを通じてバッシングに加わった。脇本教授の自宅を撮影した画像が拡散され、大学に通う娘のアカウントには、罵詈雑言（ばりぞうごん）が書き込まれた。家族まで巻き込んで袋叩きの状態である。

病院には抗議の電話が殺到し、エントランス前には、患者団体らが押し寄せた。盆休みで一般外来が休診だったので、なんとかしのいでいたが、盆明けにもこの状態が続き、診療に支障が出ていた。

盆休みが終わるとすぐに、曙医科大学付属病院は、不正の有無を調べる調査委員会を立ち上げた。メンバーは、認知症、研究倫理などが専門の学外の識者と弁護士の、合わせて五人である。

調査が始まってすぐに動きがあった。昨秋、脇本教授が研究発表の際に使用した被験者三人の脳のＭＲＩ画像が、別人のものだと判明したのだ。病院にストックされている画像から適当なものを見繕って使用したらしい。

一方、残る二人の被験者の特定は難航した。被験者の個人情報が、村西とともにすべて消えていたからだ。桑原とナースが、かろうじて二人の氏名を覚えていた。小林（こばやし）織江（おりえ）と、高橋功（たかはしいさお）である。ただ、それ以上のことは分からなかった。

臨床研究の被験者は、村西が独自の伝手（つて）で集めていた。また、被験者の個人情報や診療、看護記録は一般患者とは別に村西が管理していた。

それがすべて村西とともに消えてしまったのだから、お手上げだ。認知症の患者は全国でおよそ四百六十万人おり、その六割以上がアルツハイマー型とされる。調査委員会は、被験者の氏名をネットで検索して連絡先を突き止めようとしたが、うまくいかなかった。被験者たちはネットに氏名が掲載されるような生活をしていなかったのだろう。彼らの氏名を公表すれば、第三者から情報の提供を受けられる可能性はあったが、氏名は個人情報である。本人や家族の了解なしに公表できるものではなかった。

苦肉の策として、調査チームは被験者や家族に、名乗り出て調査に協力するよう、マスコミを通じて要請した。DB－1の投与によって症状が改善したのなら、脇本は彼らにとって大恩人に当たるはずだ。脇本に着せられている濡れ衣を晴らすのに協力するのが当然と思われたが、名乗り出る者は一人もいなかった。

これらの情報を総合的に判断し、調査委員会は九月下旬に発表した中間報告で、DB－1の臨床研究に不正があり、結果はねつ造されたものだと断定した。

中間報告が出た翌日、脇本教授は、反論コメントを書面で発表した。「ねつ造ではない」と改めて主張し、「テレビ局への不適切な動画の提供や、MRI画像のすり替えには一切かかわっていない」と強調していた。

調査委員会は、さらに調査を進め、十月初旬に最終報告をまとめる予定だ。その際、最大のポイントは、研究チームが不正を行った動機と首謀者の特定だ。

動機については、マスコミが様々な憶測を書き立てていた。有力な仮説は二つあった。一つは、脇本教授の名誉欲だ。ノーベル賞を獲ると公言していたようなビッグマウスである。結果を焦り、ねつ造に手を染めても不思議ではないというわけだ。

もう一つは、サニー製薬黒幕説である。サニー製薬が二年ほど前から脇本教授の研究をバックアップしているのは、周知の事実だった。画期的新薬の開発権利を手に入れたということで株価を釣り上げた、いわゆる風説の流布をしたというのだ。実際、七月の技術移転契約の締結を受け、サニーの株価は欧州市場でストップ高を記録している。

どちらにしても、脇本が深く関与していたのは間違いないというのが、マスコミの共通した論調だった。脇本は絶対的な権力者である。サニー製薬から出向し、客員研究員に過ぎなかった村西が大胆な不正を独断で働くはずがないということらしい。

脇本教授は、八月までは混乱を避けるため、有休を使って自宅以外のどこかでマスコミを避けながら過ごしていたようだ。九月に入ってからは、無断欠勤を続けた。教授が不在で、しかも准教授、助教のポストが空席では、脳神経科はとても回らない。

病院長は脇本教授に再三出勤を促したが、頑として応じなかったため、脇本教授は九月末日付で解雇された。

宇賀神は、その日の夕方、院長室で広げた夕刊でそれを知った。

読み終えた夕刊をストッカーに入れていると、携帯電話が鳴った。表示された番号を見て、はっとした。明石瑞枝からだった。

八王子の実家に送っていって以来、彼女とは連絡を取っていなかった。いずれ折を見て、過労自死の認定を受けるように勧めるつもりだったが、ねつ造騒動の行方がはっきりしてからのほうがいいと思い、延び延びになっていた。

ソファに座り、通話ボタンを押す。

「ご無沙汰しています。今お電話、よろしいでしょうか」

瑞枝の声が、思いのほかしっかりとしているのに安堵した。

「その後、いかがですか。まだ八王子に？」

「はい。あの時は本当にお世話になりました。おかげさまで、だいぶん落ち着きました」

実家の母親が近所に借りている家庭菜園を手伝っているうちに、体力も回復してきた。実父の尽力により、都内に明石の墓を建てる話がまとまりそうだ。息子も八王子の実家に近く引き取ることになった。そんな話を瑞枝はした。

「主人が亡くなったという事実は変えられません。でも、変えられることは、変えていこうと思うんです」

「それを聞いたら、明石も安心するでしょう」

「はい。ところで、今日お電話したのは……。曙医大病院の脳神経科は、大変なことになりましたね。主人は、もしかしてこの事件に何か関与していたんじゃないでしょうか。それで、思い詰めて……」

宇賀神は、そっと唾を飲み込んだ。

瑞枝は、今も明石の自死の理由が過労ではないと信じているようだ。でも、明石がねつ造事件に関与していたはずはない。

「同じ脳神経科でも、明石は外科です。ＤＢ－１の研究チームとかかわりはなかったはずです」

「でも……。覚えてますか？　私が前に見せたスケジュール帳」

「ええ」

「実家に戻ってから、ずっと開いていなかったんです」

根を詰めて考え事をしていたら、神経が休まらず、体調も戻らない。元気にならなければ、義父母は息子を渡してくれない。まずは、ゆっくり休め。そして、身体を回復させなければいけないと母親に助言され、そうしていたという。

「ねつ造事件のニュースも見ないようにしていました。曙医大という名前を聞くと、主人のことを考えてしまうから……。でも、さっき、たまたまニュースを見たんです。そうしたら、気になることがありました。研究チームに、村西さんという方がいたんですね。ねつ造が発覚して以来、ずっと行方が分からないとか」

「ええ。それが何か？」

明石が泥酔して帰ってきた翌日の欄に、「村西、21時、新宿西口交番前」と書き込まれていたと瑞枝は言った。

「だから、もしかして、ねつ造事件に関係していたのかもしれないって思ったんです。主人は、ずるいことができない性格でしたが、大学病院の上下関係って厳しいんですよね。命令されて断れずに、悩んでいたのかもしれません」

熱っぽく語るのを聞きながら、宇賀神は首を傾げた。

村西はDB－1の臨床研究の専任だった。同じ研究室に所属しているといっても、明石との接点はないはずだ。明石がDB－1の臨床研究にかかわっていたという話も聞かない。

スケジュール帳に記載されていた村西というのは、同姓の別人かもしれない。しかし、そこで再び首を傾げた。明石は当時多忙を極めていた。しかも、その前日、泥酔するまで飲んでいる。翌日に誰かと飲みに行くとも思えなかった。

「宇賀神先生、お忙しいところ申し訳ないんですが、調べてもらえませんか？」

まだ外出したり、人に会ったりする自信はないと瑞枝は言った。

つれない返事ができるわけがなかった。それに、確かに気になる話ではあった。

「分かりました。心当たりに聞いてみます」

そう言うと、瑞枝は何度もお礼を言って電話を切った。

ごま油が香ばしいチヂミを頬張ると、刈谷紗英は眉を大きく上げて、目をくりくりと動かした。

「チヂミは食べたことがあるけど、こんなカリッとしたのは初めてです」

美雪が、酒でほんのり赤く染まった顔でうなずく。

「さっきのカルチジョリムは私も初めてでしたけど、最高ですね」

太刀魚（たちうお）のピリ辛煮だ。宇賀神も初めて口にした。正直なところ、あまり美味しいと思わなかったし、今から明日の朝が心配だ。そんな宇賀神の気も知らず、春奈は鼻高々だった。マッコリの入った大きな茶色い壺を引き寄せながら言う。

「ここは、なんでも美味しいんですよ。韓国料理といえば焼き肉、キムチ、ビビンバだって思ってる人が多いけど、実は繊細で奥深いんです。宇賀神先生、ビールなんかやめて、マッコリにしたらいかがです？」

「いや、僕はビールで」

酒はビールか日本酒だ。それ以外のものを飲みたいとは思わない。

春奈は専用の柄杓を手にすると、美雪の器にマッコリを注いだ。

「改めておめでとうございます。世界的なスクープになりましたね」

「瓦田会長と刈谷さんのおかげです。ただ、全日放送には、してやられました。まさか、あんな証言を被験者の家族から取っていたなんて思いませんでした。動画が怪しいという情報を提供してあげたのは、こっちなのにひどいと思いませんか？」

宇賀神はビールを瓶から手酌で注ぐと、美雪に尋ねた。

「それより、村西はまだ見つからないのか？」

「まだのようですね」

村西は独身で一人暮らしだった。

「実家の父親が捜索願を出したようですが、手がかりはつかめていないようです」

失踪当日から三日の間に、都内のATMで銀行カードとクレジットカードを使い、現金二百万円を引き出していたと判明したものの、その後の消息は、まったく分からないという。

村西が姿を消してから、一月半ほどだ。まだ資金は残っているはずだ。国内のどこかに潜伏しているのか、あるいは海外に逃げたのだろうか。

「そうなると、最終報告書でも、ねつ造の主犯を特定するのは難しいかもしれないな」

「脇本は、あくまで自分は知らなかったで通すつもりのようです。でも、あり得ないと思います。無断欠勤を続けたのも、追及されたらボロが出るからに決まってます。要するに、逃げたんですよ。自分が主犯だって認めたようなものでしょう」

春奈が好奇心に満ちた目を美雪に向ける。

「動機はどっちかしら？　サニーが黒幕なの？　それとも、脇本教授の名誉欲？」

自分はサニー黒幕説を支持すると春奈は言った。

「去年、臨床研究の成果を発表したときと、今年、正式に技術移転契約を結んだときの二回とも、株価はうなぎ上りだったんですよ。この秋には新株を発行して、百億円規模の資金調達をする予定でした」

いずれ、DB－1に効果がないと分かるだろうが、期待を集めた新薬候補の開発が、途中で頓挫するのは珍しくもない。だから、不正が発覚しなければ、サニー製薬は丸儲けだったはずだという。

しかし、美雪は即座に否定した。

「サニー黒幕説は、常識的に考えてあり得ません。警察も調べているようですが、今のところ証拠はないようです」

サニー製薬は、巨大企業だ。そして、株価操作を目的とした風説の流布は、立派な犯罪である。ぽっと出のベンチャー企業ならともかく、サニー製薬ほどの企業が、風説の流布を目的に研究不正を行うはずはないという。

二切れ目のチヂミに箸を伸ばしながら、紗英が心配そうに言った。

「脇本先生は今どこでどうしているんでしょう。あの動画がおかしいって話したことは、後悔していません。ねつ造なんて、許せませんから。でも、私が脇本先生が失脚するきっかけを作ったようなものですよね。なんだか後味が悪くて」

美雪が呆れたような声を上げた。

「自業自得でしょ。刈谷さんが気にする必要なんて、これっぽっちもないわよ」

紗英は困ったように眉を寄せた。

「でも、脇本先生の手術を切望していた患者さんたちを思うと、複雑な気分になるんです」

うつむく紗英に宇賀神は声をかけた。

「外国にでも行くんじゃないか？　脳外科医として来てほしいという依頼は、いくらでもあるはずだ」

春奈も同意した。

「あれだけの腕を持っている人を周りが放っておくわけがありませんよ。それにしても、もったいない話ですねえ。ノーベル賞を獲ろうなんて欲を出さずに脳外科医に専念していれば、医学界の頂点に君臨し続けられたはずでしょうに。それに、バッシングがちょっとひどすぎやしませんか？　あそこまで叩かれると、家族が気の毒になりますよ」

美雪は、肩をすくめた。

「これでも、ましなほうだと思いますよ。脇本教授はともかく、曙医大の対応は適切でしたから」

即座に調査委員会を立ち上げ、脇本教授をかばおうともしなかった。臨床研究の体制がずさんであったことも認め、院内のあらゆる臨床研究を、進行中の一部のものを除き、一年間自粛すると発表した。その態度に世間は好感を持っているという。

「宇賀神先生の一件のときは、曙医大は現代の白い巨塔だと思ったんですが、今回は案外まともだなって思いました」

「脇本教授は、生え抜きではなく外様だし、あの性格だから、嫌っている人も大勢いました。どうしても守らなければならない人でもなかったんでしょう」

病院関係者のような解説をすると、春奈は今週末で厨房の仕事を辞めると言った。

「これ以上、調べることもなさそうですし、息子がいい加減にしろってうるさいんですよ。でも、明石先生の遺族が、過労自死の認定を申請すると決まったら、遠慮なく声をかけてくださいね。過労状態にあったと証言してくれる人を紹介できると思います」

「そのときは、よろしくお願いします。あと、ちょっと気になることがあるんです」

瑞枝にさっき聞いたばかりの話を披露する。

「明石がねつ造事件に関係していた可能性はないでしょうか」

春奈が首を傾げる。

「DB－1絡みの話で、明石先生の名前を聞いたことはありませんねえ」

美雪もうなずいた。

「調査委員会によると研究チーム、つまり脇本教授、村西、桑原の三人以外は蚊帳の外だったみたいですよ。そもそも、明石先生は外科ですよね。研究チームとの接点はないような……」

「ただ、二人が会っていたのは、間違いなさそうなんだ」

美雪が何かを思い出したように眉を上げた。

「調査委員会が村西がねつ造に手を染めた理由を調べているんですけどね」

サニー製薬黒幕説は、消えつつある。そうなると、サニー製薬から出向していた村西が、実行犯に当たる役を引き受けた動機が問題になる。

村西はサニー製薬日本法人の社員でもある。なのに、なぜねつ造に加担したのか。

また、臨床研究の結果がねつ造されたものだと知りながら、なぜサニー製薬が曙医大と技術移転契約を結ぶのを止めなかったのか。

「それが疑問だったんですが、事情が分かってきました。村西は、サニー製薬を辞めて、曙医大病院に行きたがっていたようなんです。脳神経科のドクターへの聞き取り調査で、そんな話が出たそうです」

だから、脇本教授からねつ造を指示されたとき、断らなかったのか……。

「村西が、明石先生に相談を持ち掛けたのかもしれません。あの研究室には、准教授がいません。講師は定年間近で教授に疎んじられています。相談相手といえば、助教の明石先生になるのでは？　それに、明石先生は助教から准教授に上がる予定だったんですよね。私が村西だったら、助教の後任は決まっているのか、と明石先生に確かめると思います」

「なるほどな」

有力な仮説だ。ただ、瑞枝がそれを聞いて納得するとは思えなかった。

美雪はこの話は終わったとばかりに、身振り手振りを交えながら、取材の裏話を始めた。

5

　スポットライトがまばゆいステージに、小さな踊り子たちが小走りに出てきた。横一線に並ぶと両手を広げ、淡いピンクのチュチュの裾を揺らしながら優雅にお辞儀をした。会場の観客たちから、一斉に拍手が沸き起こる。熱狂的というより、温かな拍手だった。宇賀神も、ステージの中央よりやや右側で頭を下げる愛娘(まなむすめ)に力いっぱい拍手を送った。

　ついこの間まで、よちよち歩きをしていたかと思ったら、いつの間にか、少女と呼べる年齢になっている。一緒に暮らせない寂しさをかみしめていると、隣から視線を感じた。宇賀神は、視線の主に声をかけた。

「ああいうヒラヒラしたのを着ると、お辞儀も様(さま)になるもんだな」

「レヴェランス」

　杏子は冷たい声で言った。ダウンジャケットにトレッキングシューズという軽装で宇賀神がこの席にたどり着いてから、不機嫌な態度を崩そうとしない。

「レヴェランス？　なんだ、それ」

「バレエのお辞儀をレヴェランスっていうの」

そんなこと知るかと思ったが、もっともらしくうなずく。

「なるほどな。レヴェランス」

小さな踊り子たちは、拍手の中、ステージの袖へと小走りに消えていった。ステージのライトが落とされた。周囲の観客たちが次々と立ち上がる。宇賀神も腰を上げた。この後、ロビーに衣装を着たままのちびっこバレリーナたちが出てくる。写真撮影の機会を与えようというバレエ教室の配慮だった。

ロビーに出ると、杏子が言った。

「本当に食事をする時間もないの？」

「悪い。飛行機の切符が今夜しか取れなかったんだ。八時十分発だから、あと十分でここを出なきゃならない」

多くの会社は、文化の日の今日から、五日の日曜まで三連休である。釧路（くしろ）行きの便は、数が多くないこともあり、明朝の便の予約はいっぱいだった。

無言で階段を上り、ロビーに出ると、杏子は足を止めて続けた。

「そもそも、なんでわざわざ診療所を休診にしてまで、北海道の外れまで脇本先生に会いに行く必要があるのよ。最終報告書の結論は、すっきりしなかったけど、終わった事件でしょ」

十月初めに出た最終報告で、結局ねつ造が誰の主導で行われたかは、特定されなかった。動機についても不明とした。村西の行方が依然として分からず、ほかに有力な証言もなかったからだ。ただ、脇本の責任は厳しく追及していた。

サニー製薬の日本法人は、報告書の発表と同時に会見を開き、自社の関与を否定した。共同研究先に客員研究員として出向させた社員が、上司に当たる脇本の指示の元で行った不正であり、自分たちは無関係どころか、被害者だと訴えた。

一方、脇本は書面によるコメントも出さなかった。調査結果に対して不服申し立てをする予定もないようだ。

「新しい教授や准教授も、一昨日着任したわ。ウチの病院にとって、あの事件はもう過去のものなの。ほじくり返しても、いいことなんかないわ」

「事件について聞きに行くわけじゃない。明石の奥さんに頼まれたんだ。彼女の中では、まだ明石の死に決着がついていない」

杏子は、不服そうにそっぽを向いた。宇賀神を大学病院に戻すことをまだ諦めていないのかもしれない。余計なお世話である。宇賀神に、その気はない。

ロビーの脇にあるドアが開いた、子どもたちが出てきた。上気した表情で、カメラを手に待ち構えていた両親や祖父母のもとへ向かう。

杏子もカメラをバッグから取り出すと、宇賀神に突き出した。カメラマン役をやれという意味らしい。大人しく受け取り、あずさが出てくるのを待った。

あずさと会うのは、ひと月ぶりぐらいだ。ステージでは、肩を出した衣装を着て、化粧もしていた。さぞかし大人びて見えることだろう。

伸び上がるようにしてドアのほうを見ていると、突然背中を叩かれた。振り向くと、あずさが照れくさそうな笑顔で立っていた。いつの間にか、別のドアから出てきたらしい。

「よう、あずさ。よくあんなふうに脚が上がるもんだな。感心した」

声をかけながら、落ち着かない気分になった。ステージの上にいるときには、気にならなかったのだが、間近で見ると、あずさは顔を白く塗りすぎだ。目の上も真っ青だ。ちびっこバレリーナというより、スナックの年増のママのようだ。

「おかしな化粧だな。もっとこう、自然な感じにできないのか」

しまった、と思ったときは遅かった。あずさは、ふくれっ面をしながら、杏子の腕に自分の腕を絡ませ、訴えた。

「パパ、ひどい」

「ごめん。ステージでは綺麗に見えた。近くで見るから変なんだろう」

フォローしたつもりだが、杏子が顔をしかめているところをみると、フォローになっていなかったようだ。

「それより、写真を撮ろう。そっちの壁の前がいいんじゃないか？」

二人を促し、壁の前に立たせると、宇賀神はカメラをのぞき込んだ。

あずさも機嫌を直してくれたようで、杏子によりかかるように首を傾け、両手の人差し指を頬に当てたポーズを取っている。それも不自然だ。品など作らずにまっすぐ立てと言いたかったが、また怒られそうな気がしてやめた。

レンズ越しに、二人を眺める。化粧は変だが、あずさは愛くるしい。グレーのウールのワンピースを着た杏子は、きりっとして美しい。自分にはもったいないような家族だ。

二人と再び暮らしたい気持ちはある。しかし、それが大学病院に戻ることと引き換えになるなら、自分にその選択をするのは難しいかもしれないと思いながら、シャッターを押した。

何枚か撮った後、あずさが言った。

「パパも一緒に撮る？」

杏子がその必要はないと言った。

「その恰好で、あずさと並んだら、月とすっぽんよ」

「そうだな。俺はいい」

「じゃあ、すぐに着替えてくるね。この後、ご飯に行くんでしょ？　グラタンかドリアが食べたい」

宇賀神は腰をかがめると、あずさの肩に両手を置いた。小さくて温かい肩だった。

「悪いけど、食事にはママと二人で行ってくれ。これから仕事で北海道に行くんだ」

あずさは、信じられないというように、青い瞼を上げた。

「お土産を買ってくる。ホワイトチョコレートでいいか？　北海道には、うまいのがあるんだ」

あずさは、突然宇賀神の手を振り払った。杏子の鳩尾（みぞおち）の辺りに顔を押しつけていたが、首だけ回して宇賀神を見た。その唇は、見事なへの字に曲がっていた。

「パパは約束を破ってばかりだね」

恨みがましく言われ、往生していると、杏子があずさの頭に手を置いた。

「そんなこと言わないの。忙しいのに、発表会に駆けつけてくれたんだから」

母親らしい優しい声でたしなめる杏子に、心の中で手を合わせる。杏子はあずさの前では、決して宇賀神を悪く言わない。夫婦の問題は子どもとは別だと割り切ってくれているようだ。

感謝を込めて目を見ると、杏子は不機嫌そうに宇賀神に向かって右手を挙げた。さっさと行けという意味のようだ。カメラを彼女に返すと、宇賀神は踵を返した。


その夜は、釧路空港に近いビジネスホテルに泊まった。禁煙ルームを予約したのに、部屋には煙草（たばこ）の匂いがしみついていた。備え付けのポットで沸かした湯は、錆（さび）の味がした。

翌朝、昨夜のうちに空港で借りておいたレンタカーで西へ向かった。フロントガラスの向こう側には、だだっ広い空が広がっていた。はるかかなたに地平線が見える。

北海道ではもう冬といっていい季節だが、この辺りは積雪が少ない地域なのか、沿道に広がる草原に雪はなかった。枯れ草が寒々しく風に吹かれている。

高速道路を五十分ほど走ったところに、脇本が勤める病院はあった。脇本ほどの人間が、人口一万人にも満たず、畑作と酪農のほか目立った産業もない内陸の田舎町にいるとは思ってもみなかった。

脇本の消息を突き止めてくれたのは、春奈だった。北海道の同業者から、その病院に脇本がいるという話を聞いたという。

半信半疑で電話してみると、確かに脇本は在籍していた。電話口で、去年まで曙医大病院に勤めており、明石と同期だったと説明し、面会を求めた。脇本は渋っていたが、自分の居場所を口外しないならば、という条件で会うのを承知した。

カーナビの指示に従って進む。町の中心からかなり離れた川沿いに、三階建ての大きな建物が見えてきた。屋上に看板が出ている。

紫晃会道東病院。日本を代表する医療法人チェーンが、去年開設した病院だ。インターネットで調べたところ、ベッド数は百と小規模ながら、脳神経外科と心臓外科に特化し、意欲的な経営をしているようだ。

車を駐車場に停め、病院の裏に向かう。脇本によると、敷地内に職員宿舎があるそうだ。田舎町では珍しいような重厚な作りの二階建てのマンションだった。向かって右側のほうが、ベランダが大きい。職員の家族構成に合わせて、部屋のタイプがいくつか用意されているのだろう。

階段で二階に上り、角部屋のチャイムを押すと、すぐに脇本がドアから顔を出した。

　夏にテレビの画面を通して見たときとは、別人のようだった。髪を染めるのをやめたようで、頭頂部に白いものが目立った。粗い編み目のグレーのセーターの中で身体が泳いでいる。顔は青黒く、頰は削げ、口元からはアルコールの匂いがした。今日は休みということだが、まだ昼前だ。

　新しい勤務先での評判はよくないようだと春奈から聞いていた。こういう事情だったのかと思いながら、突然の訪問を詫びる。

「ああ、君が宇賀神君か。見覚えがある。一昨日電話をもらって以来、ずっと思い出そうとしていたんだが分からなかった。産婦人科にいる美人の奥さんのほうは、すぐに分かったんだけどな。まあ、入ってくれ」

　通されたのは、リビングルームと隣り合わせの六畳間だった。中央に大きな炬燵が据えられている。無地のベージュの炬燵布団はおろしたてのようで、生地に張りがある。コーナーのテレビ台の棚は空っぽだった。

　炬燵の天板には、見たこともない銘柄のウィスキーのボトルとグラスが出ていた。グラスの中身は紹興酒のような色だ。ストレートで飲んでいたらしい。

「君も飲むか？　滅多に手に入らないボトラーズの逸品だ」

ボトラーズがどういうものなのか分からなかった。どっちみち今日は飲めない。

「いえ、僕は車なので」

脇本は、よろけながらキッチンに向かうと、湯気の立つカップを持ってきた。

「インスタントで悪いんだが」

宇賀神にカップを手渡すと、胡坐(あぐら)をかいて座り、宇賀神にも膝を崩すようにと言った。遠慮なく正座から胡坐になる。

「明石の同期だと言ってたな。こんなところまで私を訪ねてきた理由を聞かせてもらおう」

「明石の奥さんに頼まれたんです」

明石は親友だったと言うと、脇本は遠い目をして、ウィスキーを舐(な)めるように飲んだ。

「亡くなったのは梅雨時だったたな。まだ半年にもならないのか。もう何年も前の出来事のように思えるよ」

グラスを置くと、脇本は尋ねた。

「わざわざこんなところまで私を訪ねてきたということは、過労自死の認定でも申請するつもりか？」

もしそうなら、徹底的に反論すると脇本は言った。目は充血し、ろれつが多少回っていないが、本気なのは強い語調から分かった。

「あの程度の勤務を過労とは言わない。あれが過労なら、大きな病院の外科医の三分の一は過労の範疇に入ってしまうよ。本人も准教授に上がるために越えなければならないハードルだと自覚していた。そもそも、明石はうつのようには見えなかった」

言い返したいことは山ほどあった。喉元まで出かかっている。しかし、今日は別の話をしにきたのだと自分に言い聞かせ、ぐっと言葉を飲み込んだ。

「奥さんは、過労が原因とは思っていません」

脇本は、酔いを振り払うように濃い眉をぐっと寄せ、頭を振った。

「じゃあ、なんだ。パワハラか？　それも認めない。私にそんなつもりはなかった。最近の若い人間は、自分の能力不足が露呈したり、気に入らないことがあったりすると、パワハラだと騒いでごまかそうとする。実に嘆かわしい風潮だ」

脇本とは一回りほどしか違わないはずだ。脇本は、現役医師でもある。なのに、とっくに引退した偏屈な老人と話しているようだ。

それはともかく、いちいち喧嘩腰になられては、話を進めづらい。村西の話を持ち出す前に、新しい職場の様子を聞いてみた。脇本は、険しかった表情をやや緩めた。

「見ての通りの田舎病院だ。医者もナースもレベルが低い。ただ、紫晃会には金があるから、手術の設備は悪くないな。こうなったら、このへんの年寄りの面倒を片っ端からみてやるつもりだ。来年は、この町を脳卒中による死亡率が全国一低い自治体にしてみせる」

強気の言葉とは裏腹に、脇本は自信がなさそうだった。それを見て分かった。別人のように見えたのは、髪や顔色が変わったせいではない。目が変わったのだ。強い眼光はすっかり失われ、卑屈ささえにじませている。

脇本は、宇賀神から目をそらすと言った。

「電話でも言ったが、私がここにいるのは秘密にしてくれ。マスコミにかぎつけられたくないんだ」

脇本は、宇賀神の返事を待たずに続けた。

「まったく、連中の低能さには、呆れ果てる。データ管理に不備があっただけだと何度説明しても、聞く耳を持たない。今回のことでよく分かったよ。バカに何を言っても無駄だ。低能は低能だから、まともな理屈が通じない。マスコミの尻馬に乗って騒ぐ無知な大衆にもうんざりする」

脇本は苦々しい表情を浮かべた。

「嫌な時代になったものだ。ちょっとした過失を重罪のように言われて、袋叩きにされる。連中は正義面しているが、私に言わせれば、あれは正義なんてものじゃない。成功者を引きずり倒して、溜飲を下げているだけだ」

閉塞感のある時代において、怒りは大衆にとって娯楽である。正義の拳を振り上げ熱狂し、日々の憂鬱を吹き飛ばすのだ。そして、自分は正義の側にいるのを確認し、安堵と満足感に包まれる。

「詳しくは知らないが、中国の文化大革命っていうのは、こんな雰囲気だったんじゃないか。私は、些細な失策をあげつらわれ、ねつ造犯と大書された札を首に下げられた。紅衛兵どもに先導された大衆に石を投げられ、農村へ下放にあったようなものだ」

嫌な時代になったというのは同感だが、ちょっとした過失、些細な失策という自己分析は甘すぎだ。

DB－1臨床研究不正事件は、二〇一二年のディオバン臨床研究不正事件、二〇一四年のSTAP細胞ねつ造事件に続く、大型不正事件である。直接関与したかどうかは不明だが、脇本はその責任者だった。

脇本は続けた。

「宇賀神君は、最終報告書を見たか？」

ろれつが回らなくなってきている。

「データの管理を村西に丸投げした責任が私にはある。被験者を直接診察したのも、臨床研究の開始前と退院時、外来の三回だけだ。村西に任せきりにせず、もっと丁寧に被験者と向き合うべきだった。私の落ち度だ。しかし、DB－1の効果は、本当にあったんだ。テレビに出ていた被験者の娘は、涙を流さんばかりにして、私に頭を下げた。なのに、なぜ嘘をつくのか分からない。ほかの被験者の家族だって、なぜ名乗り出てこないんだ」

この期に及んでも、DB－1の効果にこだわっているとは驚きだ。宇賀神は、白々とした気持ちで薄いコーヒーを飲んだ。

「そう思うなら、報告書に対する不服申し立てをして、再調査を要求するべきでは？」

「今さら何を言っても無駄だろう。大学は私一人を悪者にして、幕引きを図ったんだよ。知の最高峰ともいうべき大学が、下衆なマスコミや大衆の歪んだ正義に屈した。知性が、反知性に屈したんだよ。実に嘆かわしい」

脇本の怒りは分からないでもないが、彼の認識は間違っている。DB－1に効果はなかった。

効果があったのなら、ほかの二人の被験者や家族が、名乗り出てそれを証明してくれただろう。なのに、誰もがだんまりを決め込んだ。

それを指摘すると、当たり前だと脇本は言った。

「あのバッシングを見れば、誰だって怖気づく。巻き込まれたくないと思うのは当然だ」

「そうはいっても、ＭＲＩの画像がすり替えられていたのは事実です。そのほかのデータも一切合切、消えていた。効果があったのなら、村西がそんなことをする理由がないのでは？」

脇本は、困惑するように目を瞬いた。

「……それはそうなんだ。いったい、どこにいるんだろうな」

村西が失踪してから、三ヵ月近くが経っていた。彼が逃走資金として引き出したのは、二百万円である。外国に逃亡したならともかく、国内のどこかに潜伏しているなら、まだそれなりの金が残っているはずだ。

ただ、不可解ではあった。なぜ、村西は逃げ続ける必要があるのだろう。

発覚したら、世間どころか世界を揺るがす事件になることは、村西にも分かっていたはずだ。発覚した直後、気が動転して逃げたのは分からないでもなかった。しかし、研究不正自体は刑事事件ではない。懲役や死刑といった重罪が科せられる可能性はないのに、今になっても、まだ姿を現さないとは……。

「ともかく、効果は本当にあったんだ。その一点だけは、絶対に譲れない」

脇本はウィスキーをボトルから注ぎ足した。泥酔するのは時間の問題だろう。そろそろ本題に入るべきだった。

「実は、その村西さんなんですが……」

明石が亡くなる少し前に、村西と病院の外で会ったようだと告げる。

「明石の奥さんは、明石がねつ造事件にかかわっていて、それが自殺の原因になった可能性があるのではないかと考えています」

脇本は、脂っぽい髪をかき上げると、「それはない」と言った。

「明石は、ＤＢ－１とは無関係だ。二人が会っていた可能性までは否定しないが、別件だろう」

「別件に心当たりはありますか？」

脇本は少し考えた後、村西はサニー製薬から曙医大病院に転じたがっていたと言った。

「その相談をしたんじゃないだろうか。講師の朝比奈は使い物にならないから、私の次席は、実質的に明石だった」

美雪の想像と完全に一致する。実際に、そうだったのだろう。

脇本が膝を乗り出した。

「それより、宇賀神君。君もDB-1の効果はなかったと思っているのか？　それは違う。断じて違う。画像のすり替えや、動画の加工は確かにあった。それでも、DB-1は本物なんだ」

酒臭い息を吐きながら鬼気迫る形相で言い張る。宇賀神は脇本から視線をそらした。

脇本と直に会って、確信した。彼は、DB-1の効果を本気で信じている。一連の不正は、脇本の指示によるものではなく、村西が独断で行ったのだろう。どんな状況だったかも、想像がついた。

脇本は脳外科が専門だ。曙医大に転じてからは、認知症もみていたようだが、経験は浅い。認知症患者の症状には、波がある場合がある。

脇本は、DB-1の投与の後、被験者の調子がたまたまいいときに診察をして、DB-1の効果だと思い込んでしまったのではないだろうか。

ところが、その後、村西が撮影したＭＲＩ画像には、被験者の脳にはアルツハイマー型認知症の特徴である萎縮が、以前と変わらずはっきりと映っていた。つまり、効果があったというのは、脇本の誤認だったのだ。

村西は、その事実を脇本にありのままに報告できなかったのではないか。脇本は強権的な人間だ。脇本が白といったら白、黒といったら黒なのだ。

脇本は、臨床研究の成功を信じ、舞い上がっていただろう。しかも、あの性格だ。周囲に成功を吹聴して回っていたかもしれない。

脇本の機嫌を損ねることを恐れ、村西はひそかに画像をすり替え、効果があると偽装した。そう考えると、何もかもがすっきりする。

おそらく調査委員会も、宇賀神と同じ結論に達したはずだ。しかし、村西の証言を得られていない状態で、憶測を公表するのは妥当ではないと判断し、そこまでは報告書に書かなかったのだろう。

研究不正や結果のねつ造は、患者やその家族の切実な気持ちを踏みにじる卑劣な行為である。それでも、村西を哀れに思った。脇本が強権的で独善的でなければ、ＭＲＩ画像を撮影した後、ありのままを報告できたはずだ。そして、ねつ造になど手を出さずにすんだ。

脇本も哀れだった。恐怖政治を敷いた報いではあるが、村西が事実を報告していたら、脇本は誤認に気づいたはずだ。恥はかくだろう。それでも、今のような惨めな立場には追い込まれていない。

今回の事件は、強権的な権威者と、権威者に逆らえない気弱な部下という組み合わせが招いた悲劇ではないだろうか。

脇本が、再びウィスキーのボトルに手を伸ばした。宇賀神は脇本の手首を押さえた。

「飲みすぎです」

脇本は宇賀神の手を振り払うと、グラスになみなみとウィスキーを注いだ。

「少し休んだらどうですか？　何年か海外に行くという手もあります」

「バカなことを言うな。東京にだって、いられなくなったんだ。海外なんてもってのほかだ」

「いられなくなった？」

「当然だろう。濡れ衣とはいえ、ねつ造犯と名指しされたんだぞ。しかも、私にへいこらしていた連中は、そろって掌返しだ」

悔しそうに言うのを聞いて、美雪の言葉を思い出した。脇本のプライドは富士山並みに高いらしい。

無断欠勤を続け、反論の会見も開かなかったのは、不遜な性格のせいではない。ねつ造犯の汚名を着せられたまま、公衆の面前に顔をさらすのが耐えられなかったのだ。哀れみを顔に出さないように注意しながら宇賀神は言った。

「そんなペースで飲み続けたら、まともにメスも持てなくなりますよ」

脇本は充血した目で宇賀神をにらんだ。唾を飛ばしながら、座卓を拳で叩く。

「私を誰だと思っている!」

そんな芝居がかった台詞を吐く人間が現実にいるとは思わなかった。権威によりかかって生きる人間は、足元が崩れたとき、こうも脆いものなのか。しかし、いい加減、脇本は現実を見るべきだ。

宇賀神は、わざとしれっと言った。

「誤認ですよ」

脇本がかすかに頬を引きつらせる。

「先生は、被験者がたまたま調子のいいときに診察をして、治ったと勘違いしたんでしょう」

さらに激高すると思ったのだが、脇本は視線を落とすと、弱々しい吐息をついた。

眉間を揉むようにする。

「実は学長にもそう言われた。ＤＢ－１に効果があったら、村西は不正など働くはずがないというんだ。記者会見を開いて誤りを認め、部下が不正を働くきっかけを作ったことを謝罪しろと勧められた。そうしたら、大学に残れるように取り計らうと……」

どうやら調査委員会や学長も、宇賀神と同じ結論に達していたようだ。

「学長の勧めに従うべきだったのでは？」

効果の誤認、そして部下の管理責任は、当然問われるべきだが、不正に直接関与していないのなら、辞めるまでのことはない。何ヵ月かの減給処分が、妥当なところだろう。

「妻にもそう言われた」

マスコミから身を隠すように、田舎の病院でこそこそ働くより、潔く責任を認めて処分を受ける。そのうえで脳外科に専念し、後進を育成するのが務めだと説かれたという。

賢明な意見である。しかし、どうしても納得できないと脇本は言った。

「ＤＢ－１に効果がなかったとは思えないんだ。ＭＲＩの画像はすり替えられていたとしてもＤＢ－１は、本物だ」

脇本は思い詰めたように宇賀神を見た。

「この際、君が確かめてくれないか？」

宇賀神は首をひねった。

「何をです？」

「被験者の家族に会って、話を聞いてほしいんだ」

調査委員会やマスコミには、効果がないという先入観があった。大学には、一刻も早く幕引きをして、騒動を収めたいという思惑があった。

「君は曙医大を離れた人間だ。誰にも忖度（そんたく）することなく、公平な判断ができるはずだ」

熱心に説かれたが、宇賀神は即座に断った。

ここに来たのは、明石の自殺の原因を調べるためだ。研究不正事件の調査のためではない。

脇本は胡坐から正座に姿勢を変えると、宇賀神ににじり寄った。膝に両手をつくと、頭を下げる。

「頼む。引き受けてくれるなら、私も明石の過労自死認定に協力しよう。私が認めれば、間違いなく認定を受けられる」

　脇本はそう言うと、苦く笑った。

「この際、罪状が一つや二つ増えたって、大勢に影響はないからな」

　宇賀神は少し考えた後、了承した。

　頃合いを見計らって瑞枝に過労自死の認定を受けるよう、勧めるつもりだった。脇本の協力が得られるなら、心強い。

　それに、不正の主犯でないのなら脇本には立ち直り、いずれは表舞台に戻ってほしい。DB－1が偽物だったとしても、脳外科医としての脇本の実力は本物だ。そのためには、まず現実を直視させる必要がある。

「ただ、被験者の家族は、先生が望むことを言うとは限りませんよ。僕はありのままを報告します。そのときは、効果がなかったと認めますか？」

　脇本は、目をぎょろりと動かした。そして、覚悟を決めるようにうなずいた。

「潔く誤りを認めよう。記者会見も開く。そして、一から出直しだ。私だって、こんな生活を望んではいない。私にふさわしい場所で、相応の仕事をしたい」

　こんな約束を脇本と交わしたと知ったら、杏子はまた怒るだろうなと思いながら、宇賀神はうなずいた。

翌週の休診日の早朝、宇賀神は美雪と二人で、テレビ局に動画を提供した被験者、平出園子の自宅へ向かった。娘の芳子(よしこ)がそこで一人暮らしをしているという。

宇賀神が一人で話を聞きに行くとしたら、依頼主、つまり脇本の名前を出さざるを得ない。それが、調査委員会や病院関係者の耳に入ったら面倒だと思い、取材の体(てい)を取ることにして、美雪に付き合ってもらったのだ。

平出家は房総半島の内陸部にあり、最寄り駅からのバスの便が一時間に一本しかないというので、杏子に自家用車を借りた。義父母が彼女に買い与えたアウディの赤いワゴンだ。

美雪は、彼女の自宅近くのコンビニエンスストアの駐車場で拾った。眠そうな目で助手席に乗り込んできた美雪は、不満たらたらだった。

「なんで今さら、被験者の家族を再取材しなきゃいけないんですか。しかも、房総半島まで行くなんて」

距離的に出張の申請が必要なのだが、取材内容を説明したらデスクが許可しないだろうから、黙って出てきたという。

「終わった事件にかかわってる暇なんかないんです」

今は、脳死移植の企画特集のための取材で忙しいという。日本で脳死臓器移植の件数が伸び悩んでいる理由を探る大型企画で、昨日も最終便で札幌から帰ってきたとか。

「何度も言っただろ。脇本は、DB－1の効果があったと信じている。もう一度家族に確認したいんだ」

「無駄ですよ。娘さんははっきり効果を否定しています。まあ、でも脇本教授の話は聞きたいですね。さっき、宇賀神先生が言ってた、脇本教授が効果を誤認して、辻褄を合わせるために村西が忖度して画像をすり替えたという説は、当たっているかもしれません。独占インタビューが取れたら、それなりの扱いの記事になりそうだわ。連絡先を教えてくださいよ」

「それは言えない」

脇本との約束を破るつもりはない。春奈にも口止めをしておいた。

「ただ、新郷さんが協力してくれたと伝えて、インタビューを望んでいると話してやる。脇本に感謝の気持ちがあれば、インタビューに応じるだろう」

「あの人に、そんなものがあるわけがないでしょう」

「ともかく、まずは家族の話を聞く」

美雪は不貞腐れたようにシートを倒すと、ハンカチを顔にかけた。目的地まで、寝ていくつもりらしい。

京葉道路から千葉東金道路に入る。いくつものゴルフ場の脇を通過し、のどかな田園地帯に入った。

この辺りに来るのは初めてだが、成田空港に着陸する機内からは、何度か目にした。上空からだと、虫食いの跡のように点在するゴルフ場が目につくが、こうして地面を走っていると、そうでもない。季節柄、枯れ草が目立つが、夏に来たら緑豊かな土地だと感じるだろう。

カーナビが、あと五百メートルで目的地だと告げた。美雪が身体をビクッと震わせる。シートを元の位置に直すと前方を指で示した。

「あそこにお蕎麦屋さんの看板がありますよね。あの角を右折してしばらく走ったところです。門に大きな槙の木が立っていたはずです」

目的の家はすぐに分かった。開いていた門から、広い前庭に車を乗り入れる。黒い瓦屋根の木造二階建てだった。戦前からの建物を改修しながら使い続けているようだ。前庭には作業小屋や水場がある。今はどうかは知らないが、農家なのだろう。

車から降りると、音を聞きつけたのか、すらりとした中年女性が玄関から現れた。

この家や周囲の風景とは似つかわしくない洗練された雰囲気だったが、日焼けのせいか、肌にまだらなシミが浮いている。

芳子は硬い表情で二人を縁側に面した座敷に案内した。入ってすぐのところには仏壇が、床の間の脇には神棚がある、神仏をともに祀った典型的な昔の家だった。古い木材の匂いが、かすかに漂っている。

座卓に用意されていたポットと茶器でお茶を入れると、芳子は宇賀神たちと向かい合うように座り、生真面目な表情を浮かべた。美雪が早速ノートを開く。

「こちらは、医師の宇賀神晃先生です。アドバイザーとして、同席をお願いしました」

「はあ。それで、今日はどのような話をすればいいんでしょう。テレビ放映の際、不正な動画の使用を許可した件はもう……」

上目遣いで言う。以前、刈谷紗英が言っていたように、かわいらしい声だった。美雪は、笑顔で首を横に振った。

「あれは、もう終わった話です。お世話になった先生に是非にと言われたら、断れませんよね。芳子さんが気にする必要はありません」

芳子はほっとしたようにうなずく。

「今日の取材は、調査委員会の最終報告書の内容が妥当かどうか、検証するためのものです」

適当にでっち上げた取材理由だったが、芳子は納得したようだった。

「以前、芳子さんはDB－1に効果はなかったと証言しましたね。今でもそう思いますか」

芳子ははっきりとうなずいた。

「はい」

退院してから二度目の外来診察のとき、「多少調子がいいかもしれない」と脇本に報告した。すると、脇本は園子を問診して、「確実によくなっている」と言った。芳子は喜んだものの、半信半疑だったという。

「それで、急遽MRIを撮ることになりました」

三度目の外来診察で、MRIの画像を見せられ、脳の萎縮がほぼ改善したと説明を受けた。

「素人目でも、治療前の画像との差は、はっきりしていました。大喜びしました。これから、どんどんよくなっていくんだろうって」

ところが、三回目の外来診察からしばらくして、園子は突然倒れた。持病の高血圧が原因と思われる脳出血だった。夢の新薬で治療を受け、奇跡の回復を遂げつつあったのに、別の疾患で倒れるなんて、なんて運が悪いのかと嘆いたという。

　母親が亡くなっても、ＤＢ－Ｉの効果を信じていた。騙されていたと気づいたのは、美雪の取材を受けたときだった。

「研究不正があったようだと聞き、はっとしました。考えてみれば、治療前の動画を加工してテレビ局に渡すなんて、おかしいですよね。それに、すごく注目されている臨床研究だから、被験者になったのは誰にも言うな、親戚や近所の人にも伏せろと言われていたんです」

　その後、不信感はさらに募った。

「取材の翌日の朝、脇本先生から電話がありました」

「治療前に動画を撮影に来た女性ドクターから電話番号を聞いたそうなんですが、効果があったとはっきり言えと、言われました。すごく高圧的な態度でした」

　美雪が顔をしかめる。

「ひどいですね」

「ええ。だから、全日放送のインタビューで、ありのままを話したんです。結局、ＭＲＩの画像もすり替えられていたんですよね。何もかもがインチキだったんだなんて、被験者や家族をバカにしています」

そう言うと、芳子は脇本の消息を尋ねた。

「地方で脳外科医をしているようです」

芳子はうなずいた。

「そうですか」

脇本に医師を続ける資格などないと言い出すかと思ったのだが、それきり芳子は黙り込んだ。座卓の上に置いた手が、ひどく荒れていた。宇賀神の視線に気づいたのか、芳子は手をひっこめた。

「母の介護でこっちに戻ってきてから、母がやっていたピーナッツ畑を引き継いだんですが、素人にはやっぱり無理ですね。苗の段階で病気にかかったり、殻の中がスカスカだったりで、とてもお金になりません。畑は、処分します」

そして十一年ぶりに都内に戻ると芳子は言った。

「母の介護でこっちに戻る前は、東京でＩＴ関係の仕事をしていたんです。当時のスキルなんて、もう通用しないでしょうから、希望するような職につける見通しはありませんが、一人で農家をやっていくのも無理がありますから」

何か言おうかと思ったが、以前に朝比奈が言っていた言葉を思い出す。

——気休めってね、言うほうは気持ちいいんだろうけど、言われたほうは腹が立つのよ。

宇賀神は、黙ってうなずいた。

平出家を後にすると、さっきの蕎麦屋に立ち寄った。美雪が朝食を食べておらず、お腹(なか)が空いたといって聞かなかったのだ。

開店直後の店内に、客はほかにいなかった。美雪は鴨(かも)せいろ、宇賀神はカレーうどんを注文した。

蕎麦とうどんの汁は、似て非なるものであり、両方を完璧に作るのは難しいのだろう。だから蕎麦屋でうどんを注文するなら、カレーうどんが合理的な選択だと思うのだが、美雪は露骨に嫌そうな顔をした。

「汁、こっちに飛ばさないでくださいよ。このジャケット、おろしたてなんですから」

「だったら、隣の席に移れ」

「宇賀神先生が移動してくださいよ」

美雪はそば茶を美味しそうに飲んだ。

「それより、無駄足でしたね。一行も記事にならないわ」

半日以上の損失だと美雪は言った。

「ここを奢(おご)ってもらっても、まったく割に合いません。脇本の居場所を教えてください。インタビューをぜひ取りたいんです。DB－1臨床研究不正事件を当事者が語る、という記事は、まだどこにも出ていないから、狙い目なんですよ」

「だから、さっきも言っただろ。脇本にはこっちから話す。それと、当事者が語る云々じゃなくて、もっとこう、不正の背景にある構造的な問題を取材したらどうだ。そのほうが、読み応えがある」

美雪は冷たい目で宇賀神を見た。

「そういう評論みたいな記事は、意識が高い読者には喜ばれるでしょう。でも、ウチは大衆紙で、私は庶民目線で記事を書く社会部の人間です」

手ぬぐいを被(かぶ)った年配の女性店員が注文の品をトレーに載せてやってきた。

「平出さんの取材ですか？」

小さな目に好奇心が浮かんでいる。

美雪がはっとしたように、目をそらせた。宇賀神もうつむいた。ほかに客がいないので、油断していたが、声が高すぎた。取材に来たと大声で叫んでいたようなものだ。

美雪は女性を完全に無視すると、箸を割った。女性店員は構わず話を続けた。

「園子さん、よくなったと思っていたんだけどねえ。結局、騙されていたわけでしょ。芳子ちゃんは、結婚を諦めて仕事も辞めて、お母さんのために頑張っていたのに、騙されるわ、お母さんは脳出血で亡くなるわでは、気の毒すぎるわ」

宇賀神は、彼女の言葉に引っかかりを覚えた。

「臨床研究の後、平出園子さんに会ったんですか？」

女性店員が何度もうなずく。

「去年の九月ぐらいだったかね。うちに芳子ちゃんと二人で食べに来たのよ」

三年ぶりぐらいだったという。

「園子さんは、芳子ちゃんと普通に話してた。やっぱりここの天ぷらは美味しい。近いうちに、また来ますなんて声をかけてくれてね」

重い認知症だと聞いていたので、驚いたという。

「そのときは、新しい薬の実験台になっただなんて、知らなかったのよ。だから、奇跡ってあるんだねえって、ウチの人と感心してたのよ」

平出園子の状態は、かなりよかったようだ。芳子の話と、ずいぶん食い違いがある。毎日のように顔を突き合わせている家族と、滅多に合わない近所の店の人とでは、受ける印象が違うのは当然だ。それにしてもである。

店員にさらに質問をしようとしたところ、美雪のバッグの中で携帯電話が鳴り始めた。美雪は箸を置くと、携帯電話を引っ張り出した。

「あ、会社から」

通話ボタンを押して携帯を耳に押し当てる。彼女の表情がみるみるうちに曇った。

「すぐに戻ります」

電話を切ると目を閉じ、天井を見上げた。そして、宇賀神に詰め寄った。

「どうしてくれるんですか！」

台東区（たいとう）にある病院で、ノロウイルスの集団感染が発生し、入院患者四人が死亡した。午後一時から、記者会見が開かれるという。

「すぐに戻らないと」

宇賀神は腕時計を見ながら、腰を上げた。車を飛ばせば、なんとか間に合う。

会計を頼むと、女性店員が言った。

「すぐに東京に戻らなきゃならないの？　だったら車より電車が確実だわ。つい十分ほど前、厨房のラジオで聞いたんだけど、東金道路で玉突き事故が発生したみたい。

渋滞、ひどいかもしれないわ」

　美雪が焦った様子で聞いた。

「最寄り駅は、どこになりますか？」

「茂原（もばら）だね」

　美雪は、「早く出よう」と目で促したが、宇賀神は店員に言った。

「タクシーは、呼べばすぐ来るでしょうか？」

「十分ぐらいだわ」

「じゃあ、呼んでください」

　店員を遮るように美雪が声を上げる。

「ちょっと待ってください。駅まで送ってくれないんですか？」

「こっちでもう少し調べたいんだ」

「でも……」

　厨房から、調理服を着た店主らしき男が顔を出す。

「お姉さん、ラッキーだ。駅までのバスがあと一、二分でくるよ。バス停は店の斜め前だ。飛び乗りなよ。上りの快速にうまく接続するはずだよ」

　美雪は、怒りをあらわにしながら宇賀神を見た。

「早く行け。何か分かったらあとで新郷さんにも教えてやる」

店の前に出ていた女性店員が、大きな声で呼んだ。

「お客さん！　バスが見えたよ！」

美雪は、すごい形相で宇賀神をにらむと、脱兎（だっと）のごとく店を飛び出した。店先まで出て美雪がバスに乗り込むのを見届けると、宇賀神は店員に尋ねた。

「さっきの話の続きを聞かせてください」

「さっきの？　ああ、園子さんの話ね」

「ほかに気づいたことはありませんか？」

彼女は大きくうなずいた。

「防災行政用の無線ってのが、この辺りにはあってね。こんな服を着た何歳ぐらいの女性を見かけたら保護してください、みたいな放送が時々あるのよ。地元の人間が聞いたら、これはどこの誰さんだなって、ピンとくるわけ」

芳子は昼間、畑に出て家を空けていた。だから、以前は結構頻繁に、母親の保護を呼びかける放送があったのだが、親子で来店したころには、ほとんどなかった。

「それで、ああ、本当によくなったのねえ、って喜んでいたのよ。そうしたら、園子さん、あっけなく亡くなったでしょ。しかも、騙されていたなんてね。ぬか喜びをさせられて、芳子ちゃんは本当にかわいそうだ。まあ、そんなところだね。それはそうと、お客さんは、どこの新聞？　それともテレビ？」

「それはちょっと勘弁してください」

不満そうな店員に礼を言って席に戻り、食事を始めた。カレーうどんは、汁にとろみがついているせいか、まだ十分熱かった。出汁とスパイスが複雑なハーモニーを醸し出していて、なかなかうまい。

汗をかきかきうどんをすすりながら、今聞いた情報を整理する。

もし、店員の話が本当なら、平出芳子は嘘をついている。そして、これまでの話が、すべておかしくなってくる。

MRI画像が、すり替えられていた。しかも、家族が効果を否定した。

この二点をもって、臨床研究に不正があったと認定され、DB－1の効果は否定されたのだ。

しかし、効果があったのなら、なぜMRI画像をすり替える必要があったのか。

可能性として考えられるのは……。

たとえば、治療後の被験者のMRI画像が、効果がはっきりと分かるものではなかったとしたらどうだろう。研究発表をする際の見栄えをよくするため、健常者の画像を被験者の画像と偽って発表した可能性はある。

しかし、その場合、平出芳子がなぜ嘘をつくのか理由が分からない。また、ほかの二人の被験者も、名乗り出てくるのではないだろうか。

箸を置き、冷めたそば茶を飲んだ。

この事件には、思いもよらない裏があるのかもしれない。別の角度から全体像を眺めると、まったく違う風景が見えてくるのかもしれない。上空から見ると、虫食い状態の土地が、車窓からは緑豊かな土地に見えるように。

その週の水曜の午後は、診療時間が終わるのを今か、今かと待った。幸い、診療終了時間の二十分前に、待合室は空になった。片づけをして院長室で着替えていると、内藤イネがドアから顔をのぞかせた。

「美村（みむら）さんから、電話がありました。これから来たいそうです」

高血圧の治療で定期的に通院している年寄りだ。薬が明日の分しか残っていないのに気づいたのだが、明日は旧友と会う予定があるので、これから行きたいという。

「何時ごろですか？」

「五時十五分には着けるとおっしゃっています」

「ウチは五時までだ。断ってください」

イネは、皺の寄った口元をすぼめて抗議した。

「ウチは、美村さんのような方のための診療所ですよ」

「この後、約束があるんです」

「例のねつ造事件について、まだ調べているんですか？」

「まあ、そんなところです」

「瓦田会長には、ウチの先生を妙なことに巻き込まないようにって、釘を刺しておいたんですけどね」

「すみませんが、急ぐので」

リュックサックを肩にかける。イネは聞こえよがしなため息をつくと、ナースサンダルを大きく鳴らしながら受付へ戻っていった。

千葉に行った翌日、美雪に蕎麦屋の店員から聞いた話を伝え、平出芳子を電話で再取材してもらった。

「あの蕎麦屋に行った際、たまたま調子がよかっただけだ。徘徊も時々あった」

芳子はそう答えたという。

美雪は、芳子の話を鵜呑みにしていたが、宇賀神は釈然としなかった。もし、臨床研究後に園子の症状がまったく改善していなかったとしたら、そもそも三年ぶりに蕎麦屋に足を運ぶだろうか。

待ち合わせをしているファミリーレストランに一歩入ると、チーズ、脂、そして香料が混ざったような匂いがした。消毒剤の匂いもかすかにする。

夕食にはやや早い時間のせいか、客の姿はまばらだった。案内係が近づいてきたが、その前に名前を呼ばれた。窓際の席で、朝比奈が手を上げている。

「お待たせしました」

宇賀神が席に着くと、朝比奈は、ナイフとフォークを持ったまま、軽くうなずいた。テーブルの上には、食べかけのハンバーグのプレートが載っている。

朝比奈は、夏に会ったときと比べて、少し痩せたようだ。白髪交じりのひっつめ髪と不健康そうな顔色は、相変わらずだった。

「悪いけど、食事をさせてもらってた。今日は昼ご飯抜きだったから」

「遠慮なくどうぞ。今日は早いんですね」

大学病院の医師が五時半に、仕事を上がれることなど滅多にないはずだ。

朝比奈は少し笑うと、最後の出勤だったと言った。

「定年は、来年だと言っていませんでしたっけ」

「あんな事件があったでしょ。今月初めに脳神経科が全面的に刷新されたのよ」

脇本が来る前のように、外科と内科を分けることになった。内科の新任教授は、地方の国立大学から転じた若手だ。月初めに准教授や助教を引き連れて、曙医大病院にやってきた。外科のほうも年内には決まりそうだという。

「私の居場所は、あそこにはもうないわ」

引き継ぎも今日で終わったから、明日から月末まで有休を取得するという。

「そんな日に呼び出して、申し訳ありませんでした」

朝比奈は皮肉っぽく口元を歪めた。

「別にいいわよ。送別会があるわけでもないから。それより、注文は？」

朝比奈が目をやった方向を見ると、高校生のような若い娘が、困ったように宇賀神を見ていた。慌ててメニューを開き、味噌煮込みうどんを頼んだ。そして、用件を切り出す。

「例のねつ造事件なんですが」

朝比奈は首を傾げた。

「今さら？　終わった事件でしょ」

DB－1の効果が本当になかったのか調べていると言うと、朝比奈は驚いたように眉を上げた。フォークとナイフを皿に置くと、紙ナプキンで口元をぬぐう。

「疑う余地はないと思うけど」

「被験者の家族は効果がなかったと言っていますが、近所の人の話によると、必ずしもそうではないかもしれない」

朝比奈は眼鏡のブリッジをぐいと上げた。

「家族が嘘をつく理由がないでしょう。近所の人が、あることないこと言ってるだけよ。そもそも、MRI画像がすり替えられていたわけだし」

「それでも、一応、調べてみたいんです。そういうわけで……」

宇賀神は朝比奈に頭を下げた。

「桑原マキの連絡先を教えてください」

研究チームの最年少メンバーだ。彼女に連絡を取ろうとしたところ、最終報告書が出る直前に、ひっそりと曙医大を去っていた。

「理由を聞いていい？」

「残る二人の被験者を特定したいんです」

最終報告書によると、桑原マキは動物実験の段階では脇本の手足となって実験をしていたが、村西が曙医大に来て以来、その座を彼に譲り、臨床研究にはほぼノータッチだった。卒業以来、研究畑を歩んでおり、臨床医としての経験がないからだという。

しかし、それは本人の弁だった。脇本は臨床研究を村西に丸投げしていた。村西は行方知れずだ。彼女の言葉を裏付けるものは、何もないはずだ。

しかも、桑原マキは臨床研究が始まる前の症状チェックと称し、村西とともに平出家を訪問している。調査委員会の聞き取り調査に対し、「ほかの被験者宅は訪問していないし、連絡先も分からない」と話したようだが、本当にそうだったのか。

「先生は脇本教授が曙医大に来るまで桑原さんを指導していたんですよね。携帯電話の番号を教えてください」

朝比奈はフォークとナイフを再び手に取った。食べながら、首を横に振る。

「知らない」

辞めると聞いて、心配になったから電話してみたのだが、つながらなかったという。

「番号を変えたんじゃない？　彼女も脇本教授ほどではないにせよ、マスコミに追いかけられていただろうから」

実家の連絡先も分からないと朝比奈は言った。

「そうですか……」

「だいいち、桑原さんは何も知らないと思う。臨床研究は、患者をろくにみたこともない人間に任せられる仕事じゃないもの。そもそも彼女は別の実験に追われてずっと実験室にこもってた」

DB－1は、脇本が前職時代に発見した。動物実験で効果を確かめたのは桑原マキだが、そのときの成果をまとめた論文は、彼女ではなく脇本が筆頭著者だった。曙医大で博士号を取得するには、本人が筆頭著者の論文が少なくとも一本は必要だ。その論文で、博士号を取るつもりだった彼女は、青くなって別のテーマに取り組んでいたという。

「動物実験要員としてこき使ったのに筆頭著者にはしない。そのうえ臨床に進んだら、お払い箱というわけ。あんな事件に巻き込まれて、大学を辞める羽目になるなんて、気の毒だわ」

土鍋に入った味噌煮込みうどんが運ばれてきた。今の話からすると桑原マキの線は期待できないようだ。宇賀神は、落胆しながら箸を取った。

濃い色の汁がぐつぐつと煮立っており、ネギがいい塩梅(あんばい)にくったりしている。生卵が固まってしまう前に、黄身を箸で崩した。

「ところで、朝比奈先生はこれからどうするんですか？」

「しばらく、ゆっくりするつもり」

「実家にでも？」

「両親はどっちも亡くなったから、実家は処分したのよ。借金を返済しなきゃいけなかったの」

気休めだと指摘されないような言葉を選んでいると、朝比奈が笑った。

「寂しい老後ってわけでもないわよ。まだ医者としてやることがあるからね」

塩を使っていないため硬い麵を噛みながら、宇賀神はうなずいた。

朝比奈は人嫌いで偏屈という評判だったが、宇賀神の印象では、そこまででもない。きっと、彼女なりにうまくやっていく。

6

十一月中旬に入り、インフルエンザの流行が始まった。例年は年末から年明けにかけて流行が始まり、その後ピークを迎えるのだが、今年はどうやら当たり年のようで、周辺の小中学校では、すでに学級閉鎖になるクラスがいくつも出ている。

淀橋診療所にも、いつもの常連ではなく、一見の患者が続々と来院し、宇賀神の仕事はにわかに忙しくなった。周辺に医療機関はいくらでもあるのに、なぜ、昭和の時代を彷彿とさせる診療所をわざわざ選んでやってくるのか不思議だった。その疑問は、周辺の専門学校に通っている女子学生が教えてくれた。

淀橋診療所は穴場だ、という情報がSNSで拡散されたらしい。若い患者が増えたせいか、医療機関の評判をまとめたサイトにも、書き込みがいくつかあったそうだ。試しにのぞいてみた。

「久しぶりに行ったら、先生がおじいちゃんから、目つきの悪いおっさんに変わってた」

「感じ悪い先生だけど、聞いたことには丁寧に答えてくれた」

「受付のおばあちゃんの仕事が早い。カミ」

「建物はボロだけど、診察室や待合室は清潔」

褒められているのかけなされているのか分からないコメントだが、評価を示す星印の数は悪くない。

ただ、宇賀神には不満もあった。

大半のインフルエンザ患者は、抗ウイルス薬を所望するのだが、それが気に入らなかった。体力のない幼児や高齢者ならともかく、健康な大人がインフルエンザで死ぬことはまずない。家で一週間も寝ていれば治る。それに、抗ウイルス薬を服用すれば早く治るといっても、たかが数日の違いである。そこまでして、職場や学校に早期復帰する必要がどこにある。インフルエンザウイルスを診療所にまき散らされるのも迷惑だ。自分や常連たちにうつされたらたまらない。かかったと思ったら家でおとなしく寝ているのが、本人にも周囲にも合理的だと思うのだ。

この日も、午後の診療が定時より一時間も延びた。

診療後、診療器具の消毒をしながら内藤イネに愚痴をこぼした。

「インフル患者は勘弁してもらいたいですね」

イネは注射針などの医療廃棄物をまとめながら、眉をひそめた。

「ほかの患者にうつるのが怖いんですよ。うちの常連は年寄りが多いから。それに、抗ウイルス薬をホイホイ出すのは、日本ぐらいなものです。国の医療費は限られてるんだから、インフル患者なんかより、金は難病患者や、金のない患者に優先的に回したほうがいいんだ」

イネは、筋張った喉を震わせ、不機嫌な咳ばらいをした。

十月半ばに、保険証を持っていない外国人が来院した。この辺りの飲食店で働いている男性で、急性胃潰瘍だった。幸い、外科的治療は必要なかったので、薬を処方してやったのだが、会計の段になって、片言の日本語で騒ぎ出した。二万近い費用を払ったら、処方された薬を買う金が残らないというのだ。

しかたないので、宇賀神が金を立て替えてやった。二週間経っても、その患者は金を返しに来なかった。住所を確認したら近所だったので、帰りがけに様子を見に行ったところ、今にも潰れそうなボロアパートだった。彼の部屋から、赤ん坊を抱いた若い女性が出てきたのを見て、立て替え金を返済してもらうのは諦めた。

その直後、同じ国から来た外国人が、さらに二人ほど来院した。どちらも保険証がなく、金が払えないと泣きつかれた。最初に来た男から、話を聞いたのだと思う。しようがないので、そのたびに宇賀神が自腹を切った。

　イネはその状況が気に入らないのだ。宇賀神も気に入らない。しかし、金がない患者を追い返すのは、倫理に反する。

　いずれ、時間を見つけて行政と対応を相談するつもりだ。ただ、解決策が見つかるかどうか分からない。

　イネが、診察台周りを片づけながら言った。

「明日も、このぐらいの時間になると思いますよ。覚悟をしてください」

「いや、明日は定時に終わります」

　明日の夜は、春奈と今後の方針について、打ち合わせをする予定だった。美雪は、DB－1の効果はないと決めてかかっているが、春奈は興味を持ってくれた。商売をやっている人間の観察眼は、バカにしたものではないという。そして、引き続き協力すると言ってくれた。

　イネはため息をつき、診察台に腰を下ろした。座れ、というように、目で診察用の宇賀神の椅子を指す。口数が少なく、余計なことを言わないイネがそんなことをするのは初めてだった。

「宇賀神先生。この際、はっきり言わせてもらいます」

椅子に座ると、イネは険しい表情で続けた。

「最初のころは、亡くなった親友の奥さんのために、動き回っていたんですよね。それは私にも理解できます。ご心配でしょう」

ただ、このところは、そうではなさそうだ。すでに決着がついた事件を部外者が調べまわる必要がどこにあるのか。

「瓦田会長からチラッと聞きましたが、まるで探偵ごっこじゃありませんか」

探偵ごっこという言葉に、カチンときた。何も遊びでやっているわけではない。

「イネさんの言いたいことは分かりますが……」

イネは反論を封じるように、首を横に振った。

「抗インフル薬が必要ないなら、嫌そうな顔で出さずに患者さんに丁寧に説明すればいいんです。インフル患者が増えて診療が長引くのもお気に召さないようですが、ウチをかかりつけにしてくれる患者さんを増やすチャンスじゃないですか」

経営者の老医師は寛容な人物だが、赤字の垂れ流しを続けていては、いずれ資金はショートする。そうなったら、ここを畳むほかない。自分が存命の間は、診療所を閉めたくないという老医師の願いはかなわなくなる。

「前の院長に宇賀神先生を後継者に、と推薦したのはこの私です。無愛想だけど誠実な人柄だと瓦田会長に太鼓判を押されたから、適任だと思ったんです。探偵ごっこに血道をあげて、診療をおろそかにされては、私の立場がありません」

畳みかけられて、ぐうの音(ね)も出ない。イネは、背筋を伸ばすと、ピシャリと言った。

「自分の仕事に責任を持ってください」

生徒をしかりつける教師のようだった。

そういえば、以前、杏子に「診療所の仕事をバカにするな」と言った覚えがある。バカにしているつもりはない。それでも、軽んじる気持ちが、心のどこかにあったのかもしれない。

宇賀神はイネに向かってうなずいた。

「分かりました。明日も最後の一人までみます」

春奈との打ち合わせは、その後電話ですませればいい。

イネは、表情をやや緩めた。

「そうしてください」

玄関の扉が開く音がした。診察室の灯(あか)りがついているのを見て、新たな患者が駆け込んできたのかもしれない。イネが、玄関へと急ぐのを見ながら、椅子にかけてあった白衣を再び羽織っていると、待合室からよく知っている声が響いてきた。

春奈は、スリッパの音を響かせながら、診察室に入ってきた。彼女の後についてきたイネは、これ以上ないほどの仏頂面をしている。

「どうしても今日中にお知らせしたいことがあるのに、いつまで経っても、診療が終わらないようでやきもきしましたよ。ともかく、院長室に行きましょう」

診察室の入り口に立っているイネの表情をうかがう。

「今日の仕事は終わりました。お好きにどうぞ」

春奈に咎めるような視線を送ると、イネは踵を返した。

院長室に入ると、春奈はいそいそと電気ポットのお湯で二人分の紅茶をいれ、ソファに腰を下ろした。茶色いタートルネックのセーターを着て、同色のダボッとしたウールのパンツをはいている。春奈の体形で全身茶色では、まるで熊のようだ。

紅茶を一口飲むと、平出園子について面白い情報をつかんだと春奈は言った。

「ウチの会社にも、アルツハイマー型認知症の家族の面倒を見ている社員はいます。その人たちに、あの臨床研究の被験者になった人を知らないか、片っ端から聞いてみたんです」

千葉県の船橋に住んでいる男性社員の一人が、自宅で父親の介護をしている。といっても、本社の事務職なので、平日は妻に任せ、休日を彼が担当している。妻を一人でゆっくりさせてやりたいので、日曜は、千葉市内で開かれる患者やその家族向けの交流会に参加している。お茶を飲みながら、世間話や情報交換をする場だそうだ。

「その社員によると、去年の春、そこで平出さん親子と会ったそうなんです」

芳子は、母親が新しい治療薬の臨床研究に被験者として参加できそうだと言っていた。どこの病院でどのような治療を受けるのかと尋ねたが、守秘義務があるので詳しく話せないという。社員は、どういう経緯で被験者に選ばれたのかだけでも、教えてくれと懇願した。

「そうしたら、ある人の紹介だと言ったそうなんですよ。具体的に誰かは教えてもらえなかったそうですが、平出さんにその人が誰か聞いてみれば、芋づる式に残り二人の被験者にたどり着けるかもしれません」

「それは村西では？」

被験者は、曙医大付属病院に通っている患者の中から選んだわけではなく、村西の伝手で集めた。報告書にそう書いてあった。調査委員は、平出芳子からも言質を取っているはずだ。

春奈は「あっ」と言った後、丸い肩を落として嘆息する。

「言われてみればそうですね。新情報だと思ったんですけどねえ。私も耄碌したものだわ」

「耄碌なんてとんでもない。それに、平出さんを村西とつなげた人物がいるはずです」

村西が、首都圏の専門医をくまなく訪ね歩き、被験者を集めたとは思えなかった。誰かから紹介を受けたはずだ。

「平出さんに聞いてみましょう。僕から電話をするのもおかしいから、新郷さんに、メールで頼んでおきます」

「彼女はＤＢ‐１への興味を失っているんでしょ」

「それはまあ、そうなんですが。頼むだけ頼んでみますよ」

脇本にも聞いてみたらどうかと春奈は言った。

「何か知っているかもしれません」

脇本は、被験者の名前すら把握していなかった。細かい経緯など、報告を受けていたとしても、聞き流していたに決まっている。

しかし、そろそろ脇本に連絡を入れたほうがいい頃合いではあった。北海道で彼に会ってからすでに二週間近く経つ。脇本のほうからは、報告を催促するメールや留守電が連日のように入っていたが、DB－1の効果の有無が、はっきりしてからのほうがいいと思って、返事をしていなかった。

宇賀神はデスクに行き、手帳を手に取った。脇本の携帯電話の番号を記したページを開き、受話器を持ち上げた。プッシュボタンを押し始めたが、途中で受話器を置いた。

自分の携帯電話を引っ張り出し、電話をかけなおす。脇本は、すぐに電話に出た。

「ああ、宇賀神君か。なんですぐに返事をよこさない。それに勤務中はともかく、夜間は電話ぐらいつながるようにしておけ」

――あなたの手下じゃない。

そう言いたかったが、言葉を飲み込み、かいつまんで現状を報告する。

娘の芳子は否定したが、近所の人の話によると、平出園子の症状が改善していた可能性があると告げると、息をのむ気配が伝わってきた。

「私の言った通りじゃないか」

興奮した声で言う。

「そうと決まったわけではありません。娘さんは、効果を否定しています」

脇本もすぐに冷静になった。

「第三者の印象にすぎないわけか。それでは、調査結果を覆すのは難しいな。で、どうするつもりだ」

「ほかの二人の被験者を探そうと思っています」

「探すといっても、姓名しか分からないんだろ。調査委員会でも見つけられなかったのに、どうやって探す？」

「それで電話しました。臨床研究の被験者は、村西さんが選定したんですよね」

「そうだ。認知障害の程度が重く、年齢が七十五歳以下というのが条件だった」

「その程度の緩い条件なら、曙医大に通院している患者から選べたはずです。なのに、なぜそうしなかったんでしょう」

「ああ、そんなことか」

通院している患者の中から、被験者を選んだら、希望者が殺到して収拾がつかなくなる。独自ルートで探し、被験者には他言無用と言い含めておくべきだと村西が提案した。そして、被験者を自分で連れてきた。

「その独自ルートに心当たりはありますか？」

脇本は少し考えた後、村西の知り合いの認知症専門医だろうと言った。

「村西は、曙医大に来る前は、都内や千葉の病院で、治験の支援をしていた。十年もそんな仕事をしていたわけだから、面識のあるドクターは、かなりいたはずだ」

サニー製薬に聞けば、村西が担当していた病院の名前ぐらいは分かるかもしれない。そこから、該当しそうな人物を探り出すほかないということか。

手間がかかりそうだし、成功する確率も高くはなさそうだ。脇本もそう考えたようだ。

「まどろっこしいな。それより、平出芳子に嘘をついたと認めさせたほうが、話は早い。私が上京して彼女と会おう」

「それはまずいですよ」

脇本が血相を変えて怒鳴り込んだと調査委員会に知れたら、平出芳子がたとえ前言を翻しても、恫喝に屈しただけと判断するだろう。

「まあ、そうだな。分かった。では、君に任せよう。君はまだ半信半疑のようだが、DB－1は間違いなく本物だ」

脇本の声には、かつての自信があふれていた。携帯電話をしまうと、聞き耳をたてていた春奈に脇本の話を伝える。

「というわけで、望み薄のようです。専門医を当たっても、個人情報の問題があるから話は聞けないでしょう。それより、患者団体を当たるほうがいいかもしれません」

画期的な新薬の臨床研究は、患者やその家族にとって、極めて関心が高い話題だ。

実際、春奈の会社の社員は、平出芳子から、話を聞いている。同様に残り二人の被験者や家族と会った人物を見つけられるかもしれない。

「今夜、該当しそうな団体をリストアップして、明日から回ってみます」

宇賀神が言うと、春奈が首を横に振った。

「口下手な宇賀神先生が？　それより、私が回りますよ。経営者としても、認知症の介護の現状に興味がありますし」

社員の話を聞き、考えさせられるものがあったという。

「物を盗られたという妄想がひどいらしいんです。身体のほうはなんともないから、暴れたときが特に大変だって」

その社員の場合、自分と妻のほか、車で三十分ほどのところに住む実姉の三人態勢でみているから、どうにかなっている。

「頼れる身内がほかにいない人は、もっと大変ですよね。仕事を辞めなければならない人も結構いるようです」

平出芳子はその一人だった。ＩＴ技術者としてのキャリアを捨て、結婚も諦めて、慣れない畑仕事をしながら、母親の面倒を一人でみていたのだ。確か十一年間と言っていなかったか。平均寿命まで生きるとして、人生のおよそ八分の一を介護に費やした計算になる。

しかも、彼女の母親は、意思の疎通が難しかった。いつの間にか家を出て徘徊したり、物を盗られた、ご飯を食べさせてもらえないといった妄想を抱いていたようだ。所かまわず排泄（はいせつ）をしてしまう場合すらあった。

元気だったころの肉親とは、別人といっていいほど変貌した相手に振り回される生活は、肉体的、精神的、そして金銭的に厳しかったに違いない。

何もそこまで頑張らずに、施設に入れればいいとも思うが、施設を見つけるのが難しかったりと、様々な事情があるのだろう。

――認知症の家族を抱えている社員に会社としてどんな支援ができるのか。

そういう話を聞きつつ、被験者の情報を探ってみると春奈は言った。

翌日の金曜は、イネが予想していた通り、前日以上の盛況ぶりだった。インフル特需と呼んでもいいぐらいだ。もちろん、皮肉である。イネの小言はもっともだと思ったから、抗ウイルス剤を出す際、嫌な顔をしないようにしたものの、納得はしていない。

土曜も、開院時間の前から、待合室に数人の患者がいた。午前の診療を終えると、最後の患者を送り出したときには、午後二時を回っていた。

診察室の片づけをすると、美雪に電話をかけた。昨夜、平出芳子に臨床研究の被験者に選ばれた経緯を聞いてくれとメールで頼んでおいたのだ。

「忙しいところ、申し訳ない。昨日、メールを送ったんだが」

「ざっとしか読んでません。それどころじゃないんです」

昨夜、都内で女子大生が誘拐された。事件取材は担当外だが、人手が足りず、応援に駆り出されているという。

「分かった。じゃあ、時間ができたら……」

「そんな暇はありません。それに、結論は出てるじゃないですか。DB－1は幻だった。以上です！」

美雪は苛立(いらだ)ったように言うと、電話を切った。

美雪の協力は、もはや期待できないようだ。平出芳子を宇賀神が訪ねてみるほかないかもしれない。

玄関の扉を叩く音が聞こえてきた。イネはもう帰宅したはずだ。

春奈だろうか。あるいは、インフル患者かもしれないと思いながら玄関へ向かう。扉を開けると、冷たい風が吹き込んできた。前髪を押さえながら立っていたのは、明石瑞枝だった。ピンクベージュのふわっとしたロングコートを着て、髪はアップにまとめていた。目元に陰りは残っているものの、身なりに構う余裕が出てきたのは、いい傾向に違いない。

瑞枝は丁寧に頭を下げた。

「新宿で用事があったんです。ご挨拶させていただきたいと思って寄ってみました」

やや緊張した面持ちではあったが、しっかりとした口調だった。

「どうぞ。入ってください」

院長室に案内すると、ポットでお湯を沸かして、紅茶をいれた。瑞枝が、明石の好物だったという有名店の焼き菓子を持ってきてくれたからだ。この部屋で、カップとソーサーを出したのは初めてだった。

瑞枝はコートを丁寧に畳み、ソファに置くと、その隣に座った。宇賀神はいつものように、デスクチェアを引っ張ってきた。

「具合はその後、いかがですか？」

「おかげさまで、ずいぶんよくなりました。前に新郷さんが紹介してくださった精神科に通っているんです。そこが、新宿西口の高層ビル街にあるので」

今日が二度目の通院日だと瑞枝は言った。

菓子箱を開け、個別包装された焼き菓子を一つ手に取った。甘いものは苦手だが、明石の好物だったと言われては、口にしないわけにはいかない。包装をはずして、一口かじると、強烈な甘さが口に広がった。まるで角砂糖を食べているようだ。紅茶でそれを喉に流し込む。

「息子さんはどうしていますか?」

「先週、私の父と母が栃木に迎えに行ってくれました。今は八王子の実家で一緒に暮らしています」

経堂のマンションは、年内に引き払うことになった。明石の墓は、向こうの両親に任せる方向で考えている。

瑞枝はソーサーごとカップを持ち上げ、上品な仕草で紅茶を飲んだ。カップとソーサーをテーブルに戻し、両手を膝に置くと、切り出した。

「私、ようやく分かりました。主人は、やっぱり過労だったんだと思います」

吹っ切れたような口調だった。

「気づいてあげられなかったのは、悔しいし、申し訳ないと思います。でも、主人は優しい人でした。私に心配をかけまいとしていたんですね。精神科の先生も、そうおっしゃっていました」

宇賀神は、ほっとしながら、紅茶を飲んだ。あれから半年近く経ち、瑞枝は現実を受け入れる気になったようだ。

それでも、納得はしていないと瑞枝は言った。多くの患者を救う夢の新薬を世に送り出すために、過労に陥ったのなら、まだ分かる。しかし、夢の新薬そのものが、ねつ造だったとすると、夫の死はいったいなんだったのか。

「しかるべき人に責任を取ってもらいたいので、過労自死の認定を申請しようと思います。でも、どういうふうにしたらいいのか、さっぱり分からなくて……。実家の父は小学校の教員なので、そういう方面には疎いんです。それで、宇賀神先生にご相談をと思いました」

宇賀神はうなずいた。

「僕もそういう方面に詳しいわけではありません。ただ、脇本教授は、協力してくれると思います」

その約束は取り付けてあると説明する。

「ほかにも、協力してくれる人を紹介できると思います。それと、妻の従姉が人権派の弁護士なんです。女性で四十代半ばだったかな。わりといい弁護士のようですよ」

「お願いします。そういう方を探していたんです」

過労自死が認められても、夫は戻らない。しかし、二度と同じような悲劇が起きないようにするのが、自分の務めだと思う。

うっすらと涙をにじませてはいたものの、瑞枝は最後まで顔をうつむけなかった。宇賀神の目をまっすぐに見て、時折微笑みさえ浮かべた。

宇賀神は、深い感動に包まれていた。

配偶者の自死は、人が遭遇しうる体験の中で、もっとも過酷なものの一つだろう。実際、瑞枝も絶望に打ちひしがれていた。現実から目をそらし、妄想にすがり、自責の念から逃れようとしていた。

人の心は、脆い。しかし、しぶとさとしなやかさも併せ持っているものなのかもしれない。

夕飯の買い出しをして帰るという瑞枝をバス停の近くにある老舗（しにせ）の鮮魚店に案内した。明石は魚が好きだったのを思い出したからだ。

瑞枝は目を輝かせながら、天然ブリの切り身や、息子の好物だというサーモンの刺身を買い求め、大きな保冷袋をぶら下げてバスに乗り込んだ。

ピンクベージュのコートを着た後ろ姿を見ながら思った。

明石という人間は、この世から失われた。風景を描いたジグソーパズルのピースが一つ欠けたようなものだ。

欠落した部分を埋めようと、ほかのピースが形を変え始めている。いずれ、穴はすっかり埋まり、新たな風景が浮かび上がるだろう。それでも失われたピースは、残された人間の心の中で永遠に存在し続けるのだ。


十一月最後の日曜日、宇賀神は春奈とともに、カワラダメディカルの営業車で北千住(きたせんじゅ)に向かった。春奈がその前々日、残り二人の被験者の一人と思われる人物が、そこにいるという情報をつかんだのだ。

北千住は、宇賀神にはなじみのない街だった。車内で春奈が語ったところによると、かつては、都内で治安が悪い地域の一つに数えられていたが、近年再開発が進み、都内で住みたい街ランキングの上位にも登場しているそうだ。

街の中心部に近づくにつれ、その理由が分かった。商業施設や飲食店が充実しており、生活するのにいかにも便利そうだ。都心から地下鉄でのアクセスもよく、東京の新たなシンボルとなったスカイツリーも間近に見える。

歩道を歩いているのは、子どもや赤ん坊を連れた若い夫婦やカップルが多かった。高齢者の姿がやたらと目立つ淀橋診療所の周辺とは大違いだ。

事前にネットで検索して目星をつけていたコインパーキングに車を停めた。空には雲一つなかったが、十一月の下旬にしては、冷たい風が吹いていた。空気は乾燥しきっており、呼吸のたびに鼻の奥の粘膜から水分が奪われていくようだ。

駐車場から三分も歩くと、十階建てのマンションが見えてきた。春奈がプリントアウトしてきた地図を見ながら、「ここだわ」と言う。

今風のタワーマンションではなく、昭和時代の団地風の外観だ。薄いベージュの外壁はところどころにひびが入り、亀裂の周辺が黒っぽくなっていた。ベランダには洗濯物がはためき、布団が干してある家も多い。

春奈は先日以来、アルツハイマー型認知症患者やその家族を対象とした相談室やサロンなどを回ってくれていた。

――夫の介護で大変苦労している。何かいい治療法はないだろうか。

そんな方便を使い、主な施設を訪ね歩き、噂話を拾い集めたところ、一昨日、第二の被験者と思われる女性の存在が浮かび上がった。浅草にある相談室の相談員が、小林織江という患者とその夫を知っていたのだ。

二人は、昨年の梅雨時まで足しげく相談室に通っていた。夫は、勤務先を早期退職して付き切りで介護に当たっていたが、織江には所かまわず排泄してしまう症状があるようで、非常に苦労をしていたという。

老人ホームかグループホームへの入居を勧めたが、事情があるとかで、夫にその気はなかった。夫には、うつの傾向もあり、相談員は、無理心中の心配すらしていたのだが、昨年の六月に来たときには、別人のように明るかった。画期的な治療を受けられるようになったので、もうここに来る必要はなさそうだと話していたという。

そして、昨秋、DB-1の臨床研究の成功が華々しく公表された。相談員の女性は、小林が言っていたのはこのことだったのかと納得し、小林夫妻の幸運を喜んだという。

ところが今年の八月、臨床研究の結果がねつ造されたものだと判明した。しかも、その後、行われた調査によると、三人の被験者のうち、二人の身元が不明だという。状況から考えて、被験者の一人が小林織江であるのは間違いない。なのに、なぜ名乗り出ないのか不思議に思った相談員は、小林夫妻に連絡を取った。

電話に出た夫は、「あの臨床研究には参加していない」と言ったそうだ。そして、まるで彼女との会話を避けるように電話を切った。それ以来、相談員はずっとモヤモヤとしたものを胸に抱えていた。

ここまで聞いたところで、「実は、DB－1には、効果があったという噂がある」と春奈は明かした。自分の夫にもそれを受けさせたいので、小林に会って、真偽を確かめたい。連絡先を教えてほしいと訴えた。

相談員は、個人情報の保護を盾に渋ったが、彼女自身も小林夫妻のことが気になっていたようだ。まずは、本当に小林織江が被験者の一人だったか確かめてみようということになった。相談員は、利用者を集めて荒川沿いで花見をしたときの写真を持っていた。春奈はそれを借り、刈谷紗英に見せた。紗英は、断言はできないが、被験者の一人だと思うと言った。そこからは押しの一手で、春奈は相談員から、小林夫妻の住所と電話番号を聞き出した。

春奈が、二人目の被験者を特定したと知った美雪は、すぐさま取材に行きたがった。しかし、彼女は一昨日の夜から明日まで、企画の取材で関西に出張中だった。だから、宇賀神がこうして春奈に付き合っている。

マンションのエレベーターを五階で降りると、荒川がよく見えた。都内に住んで二十年以上になるが、東京を代表するこの川を目にするのは初めてだった。思っていたより、ゆったりとした川だった。

外廊下を歩きながら春奈が言う。

「打ち合わせ通り、それらしくふるまってくださいよ」

宇賀神は春奈の甥で、運転手代わりに叔母が連れてきた、という設定にしたいそうだ。自分に演技など無理だと思ったが、いつも通り、無愛想にしていればいいそうだ。

小林という表札が出ているドアの前で、春奈は自分を鼓舞するように息を吐きだした。毛糸の手袋をはめた手で、チャイムを鳴らす。

インターフォンに応答したのは、男性だった。小林織江の夫だろう。

「突然、すみません。私、瓦田というものですが、認知症の夫を抱えておりまして、相談に乗っていただきたくて、伺いました」

織江が新しい治療を受けたという噂を聞いた。自分の夫にもなんとかそれを受けさせたいのだと春奈は説明した。

「自宅でみているんですが、もう限界で……」

インターフォンが切れた。拒絶されたのかと思ったが、すぐにドアが開き、六十がらみの薄毛の男性が玄関先に現れた。顔色が悪く、ひどく痩せている。寝ていたのか、グレーのスウェットの上下を着ており、足元は裸足だ。小林は男物のサンダルをつっかけると、大きく開いたドアを背中で押さえるようにして、外廊下にいる二人と向き合った。

春江は何度も頭を下げると、宇賀神を運転手代わりに連れてきた甥だと説明した。

「この前交流会で、奥様がDB-1の臨床研究に参加したという噂を聞いたんです。それで、藁にもすがる思いで、こうして押しかけてしまいました」

小林は、困惑した様子だった。春奈は中腰になると、訴えるような目で小林を見る。

「私が元気なうちはまだよかったんですが、脚を悪くしてからは、もうどうしていいか分からなくて。うちの主人、突然、どこかに行ってしまうんです。下のほうもいろいろ問題がありまして。若いころから働きづめに働いてきた人で、老後をのんびり過ごすのを楽しみにしていたんです。なのに、こんなことになってしまって」

目をしょぼしょぼさせながら、切々と訴える様子は、演技には見えなかった。小林は、寒そうに首をすくめながら言った。

「家内はあの臨床研究には、参加していません。そういう臨床研究が始まると聞いたものだから、いろいろ調べてはいましたが」

だから、そういう噂が出たのだろうと小林は言った。ぼそぼそとした話し方だった。嘘をついているようには聞こえないが、刈谷紗英の言葉を信じるならば嘘だ。

「では、小林さんは今も奥様の介護をなさっているんですか？」

春奈は、部屋の奥をのぞき込むような仕草をした。織江が部屋にいるのかどうか、確認したいのだろう。彼女は、ＤＢ－１の効果の有無を決定づける生き証人である。

しかし、小林は首を横に振った。

「家内は去年の秋口に亡くなりました」

宇賀神は、思わず顔を伏せた。驚愕の表情を見られたくなかったのだ。

平出園子に続き、二人目の生き証人も、すでにこの世にいないとは……。これは果たして偶然なのだろうか。

春奈は両手で口元を押さえると、悲痛な表情を浮かべた。

「もしかして、事故か何かですか？　うちの主人、よくいなくなるんですよ。車にひかれかけたことも何度もあります」

「いや、くも膜下出血です。そういうわけで、お役に立てずに申し訳ない」

小林は会話を打ち切るように頭を下げた。春奈はバッグから財布を素早く出し、その中から紙片を引っ張り出した。

「これ、私の電話番号です。ＤＢ－１の臨床研究の話をどこで誰から聞いたか思い出したら、連絡をいただいてもいいでしょうか？」

押しつけられた紙片を気のない様子で受け取ると、小林は困惑するように首をひねった。

「よく分からないな。なんで今さらＤＢ－１を？　あの臨床研究はねつ造だったんですよね」

「曙医大付属病院では、おかしな事件になったみたいですが、実は効くんじゃないか、ちゃんとした先生がやれば、うまくいくんじゃないかって、そんな気がするんです。だから、いてもたってもいられなくて」

そう言うと、春奈は自嘲めいた笑いを浮かべた。

「奇跡を信じたいのかもしれません。壊れてしまった主人をただ見守るだけでは、私まで頭がおかしくなってしまいそうで……」

小林の目に同情の色が広がった。紙片をポケットにしまいながらうなずく。

「その気持ちは分かりますよ。我が家も大変でした。老人ホームに入れることも考えてみては？」

「本人が、ものすごく嫌がるんです。その様子を見た主人の姉が、ホームに入れずに、私にみろっていうんです。小林さんのところも、もしかして？」

「いや、まあ……。それにしても、お辛いでしょう。いくら献身的に介護をしても、妻は僕が誰だか分からないようでした」

名前を呼んでくれて、たった一言、ありがとう、と言ってくれたら救われる。そう何度も思ったと小林は言った。

春奈が涙ぐみながらうなずく。

「そうです。本当に、そうなんです」

「とにかく、無理はしないことですよ。行政でも、ボランティアでも、頼れるものはなんでも頼ることです」

小林は改めて「役に立てずに申し訳ない」と言って、ドアを閉めた。

帰りの車中で、春奈は自分の演技力を絶賛した。

「それにしても、なぜ、小林さんは、奥さんが被験者ではないと嘘をついたんでしょう」

「さあ」

都心を走るのは久しぶりだった。日曜なのでかえって車の数は少ないほうだと思うのだが手に汗がにじむ。今は運転に集中するべきだった。宇賀神の緊張を感じ取ったのか、春奈も黙った。

小滝橋通りに入ると、春奈は言った。

「この後、ウチの会社に寄ってください。小林さんの話を精査したいし、新郷さんにも教えてあげましょう」

「いや、申し訳ないんですが、彼女には今日のことは伏せてもらえませんか?」

小林の連絡先も教えないでほしいと頼む。

「えっ、どうしてですか? 彼女が最近、協力的ではなかったから?」

「いえ、そういうわけではなくて……」

カワラダメディカルが月極で借りている駐車場が見えてきた。会社のロゴマークの表示が出ているスペースに車を停めると、宇賀神は言った。

「今、マスコミに記事を書かれたくないんです」

小林織江は、臨床研究の後、くも膜下出血で亡くなった。平出園子も臨床研究の後、脳出血で亡くなった。

くも膜下出血と脳出血は、出血の部位や発症機構が異なる。しかし、いずれも脳の血管が破裂する疾患だ。二例だけでは確かなことは言えないが、被験者二人が似たような亡くなり方をしたのが、偶然とは思えない。

DB－1には、脳の血管に異変を起こす副作用があるのではないだろうか。

小林織江が亡くなったと知れば、当然、美雪も同じ疑いを抱くはずだ。

あの臨床研究は出鱈目（でたらめ）であり、DB－1には、効果がなかった。しかし、それだけではなく、重篤（じゅうとく）な副作用の疑いまであり、それを隠していたとなれば、脇本へのバッシングが再び始まる。

しかし、そう単純な話ではないと宇賀神は思っていた。

この事件には、何か裏がある。小林や平出芳子が嘘をつく理由が、分からないのだ。

小林は、なぜ妻が被験者ではないと偽ったのだろう。芳子の場合は、嘘とは決めつけられないが、近所の人が効果があったようだと言っており、やはり嘘をついている可能性が高い。

「一人なら、まだ分かります。でも二人そろって嘘をついたとなると、誰かが裏で指図をしている可能性を疑ったほうがいい」

春奈は考え込むような顔つきになった。ダウンコートの襟に顎をうずめると言った。

「それは……。村西という人でしょうか」

「状況から考えて、おそらくそうでしょう。村西が何を考えているのか分からない。それ以上に分からないのは、二人が村西の指示に従う理由です」

そこが分からないまま、「DB-1に重篤な副作用の疑いあり」という記事が出て、脇本や村西を糾弾して終わりになったら、真相が解明されないまま、この事件は幕を下ろすのではないか。

それが不安だった。だから、美雪には知らせたくない。

春奈は膝かけ代わりにしていたコートを羽織ると言った。

「新郷さんとも情報を共有するべきだと思います」

「しかし……」

「あの人は考えが浅いところがあるし、思い込みが激しいから、宇賀神先生が心配するのは分かります。でも、一緒にやってきた仲間じゃないですか。こんな重要な情報を知らせないなんて、仁義にもとります」

そういえば、カワラダメディカルの社訓は、「一に情け、二に情け。三、四がなくて、五も情け！」である。春奈は、そうやって自分の会社を大きくしてきた。人情第一という自分の信条を曲げる気はないのだろう。

「分かりました。ただ、僕は彼女とは一線を引かせてもらいます」

宇賀神は、エンジンキーを春奈に渡した。春奈は失望の混じった目で宇賀神を見ると、それを受け取った。

診療所に戻ると、院長室でソファに寝転がり、事件について考えた。

肘掛けが、ちょうどいい高さの枕になる。いつもは寝転がるとすぐに眠ってしまうのだが、今日は眠気がやってくる気配はなかった。

腹の虫が鳴った。そういえば、今日は朝から何も食べていない。冷蔵庫を開けると、明石瑞枝が持ってきた焼き菓子が箱ごと入っていた。賞味期限を確認すると、二日過ぎていた。

その程度なら問題ないと判断し、三つほど取り出した。ペットボトルのお茶も持ってソファに戻る。

菓子は相変わらず、強烈な甘さだった。一口ごとにお茶を飲んで、口の中の甘みを薄める。瑞枝は、この菓子が明石の好物だったと言っていた。

食べ終え、包装紙をごみ箱に放り込むと、再びソファに仰向けに横になって目を閉じた。明石の好物を食べたせいか、瞼の裏に、彼の顔が浮かんだ。

――砂糖の塊が好物だったとはな。

明石は目元に笑い皺を刻んでいる。

——ウチのやつが絶品だと言うんだ。俺もうまいって言うしかないだろ。

宇賀神は、そういう気の遣い方を杏子にしたことはなかった。

——愛妻家はいろいろ大変だな。それより、いろいろ難儀してるんだ。お前も考えてくれよ。

対話を続けようとしたが、明石の顔がぼやけ始めた。笑い皺が消え、愁(うれ)いを帯びた表情になっている。目は何かを訴えているようだった。

次の瞬間、宇賀神は跳ね起きた。肘掛けを背にソファに座り、そっと唾を飲み込む。

明石か……。

彼が村西と会ったのは、明石がミスをし、それが脇本の指示で隠蔽されたという噂があった手術の翌日だった。そのときの患者は、くも膜下出血ではなかったか。

ミスがあり、それが隠蔽されたという噂は、脇本をやっかむ誰かが流した根も葉もないデマだと思っていた。しかし、事実ではないにしても、何か不審なことが起きていたのかもしれない。

あの手術について、もう一度、調べてみたほうがいい。宇賀神は胸ポケットから携帯電話を取り出すと、明石瑞枝の番号を押した。

「ああ、宇賀神さん。今夜にでも、お電話しようと思っていたんです」

杏子の従姉の弁護士が、早速精力的に動いてくれているという。

「初対面のときは大人しそうな印象だったんですが、相当なやり手のようで、頼もしいです」

その弁護士さんが、脇本先生に会いたいと言っているという。

「僕から脇本先生に連絡を取ってみます。あと、その弁護士に頼みたいことがあるんです」

「宇賀神先生が、ですか？」

明石の死は、ＤＢ－１の臨床研究不正事件と、無関係ではないかもしれない。

明石は当時、過労で疲れてはいた。しかしうつ状態に陥ってはいなかったという、瑞枝の印象は、正しかった可能性がある。

そう告げたかったが、言葉を飲み込んだ。まだ、想像でしかなかった。瑞枝に告げるのは早い。まずは脇本に確認すべきことがあった。

脇本はみるからに上質そうなコートのポケットに両手を突っ込み、長身をややかがめるようにして院長室に入ってきた。顔を隠すためか、大きなマスクをつけている。

それをはずすとコートを脱ぎ、部屋をぐるりと見まわし、宇賀神のデスクの隣にあるコート掛けに歩み寄る。コート掛けは来客用ではなく宇賀神の私物用なのだが、脇本はハンガーを要求した。

宇賀神は、自分のダウンジャケットからハンガーをはずし、脇本に渡した。当然のようにそれを受け取ると、脇本は丁寧な仕草でハンガーでコートをかけた。宇賀神は自分のダウンをデスクチェアの背に引っかけると、それをソファの正面に引っ張っていった。

ソファに腰かけると、脇本はこめかみに青筋を立てた。

「なんだ、その椅子は」

宇賀神に見下ろされる格好になるのが気に食わないらしい。かといって、診察室から患者用のスツールをわざわざ持ってくる必要もない。黙っていると、脇本は声を荒らげた。

「そもそも、どういうことなんだ。私は、DB－1の効果を家族に確かめてくれと言ったはずだ。こんな記事を出せと言ったわけじゃない！」

脇本は、宇賀神がテーブルに出しておいた新聞を手に取ると、力任せに床に叩きつけた。

それは、一昨日、中央新聞に美雪が書いた記事だった。宇賀神が想像していた通りの内容だった。

──認知症治療薬として期待されていた「ＤＢ－１」の臨床研究不正問題で、新たな事実が分かった。三人の被験者のうち、判明した二人目の被験者が、ＤＢ－１の投与を受けた約一ヵ月後に、くも膜下出血で亡くなっていた。すでに判明しているもう一人の被験者も、脳出血で死亡している。ＤＢ－１は、効果がなかったばかりか、脳血管の異常を引き起こす副作用があった可能性が出てきた。曙医大を通じて臨床研究の責任者だった脇本新一元曙医大教授に、説明を求めたが、現時点で回答はない。

脇本は再び激高した。

「ねつ造そのものだ！」

自宅に嫌がらせの電話がまたかかってくるようになったそうだ。妻と娘は、避難していた賃貸マンションから自宅に戻ったばかりだったのに、再び一時避難先を探しているという。

気の毒ではある。しかし、宇賀神にはどうすることもできない。

「それより、曙医大の調査は、どうでしたか？」

脇本はそのために、上京してきたはずだ。脇本は、表情をやや緩めた。

「大学のほうは、マスコミほど物分かりは悪くなかった。私は何も知らなかったと信じてくれている。まあ、それはそうだろう。大学の連中は、私が効果を誤認したと思い込んでいるわけだからな。それはそうと、今日は何の用だ。その顔つきからすると、私に謝罪したいわけではないようだな」

脇本が椅子にこだわった理由がようやく分かった。宇賀神が、平身低頭しながら、あんな記事が出てしまった理由を説明するとでも思って、のこのこやってきたらしい。

うんざりしながらも、質問を始める。

「被験者が二人も亡くなっていたのを知っていましたか？」

「知るわけがない。村西から報告はなかった」

「彼らが、ある時期から外来に来なくなったのを不審には思いませんでしたか？」

「経過は上々だから、次の外来は、半年後で十分だと村西から聞かされたんだ」

そう言うと、脇本も医者らしい顔つきになった。

「それにしても、二人とも脳血管の疾患で死亡とは、驚いた」

「副作用の可能性を疑うべきだ、という指摘に異存はありませんか？」

脇本は濃い眉を寄せると、腕を組んだ。

「断定はできないが、その可能性はあると言わざるを得ない。ただ、もう一人の被験者のことがある。現状を知りたいところだな」

「ええ。そこでなんですが……」

宇賀神はデスクに載せてあった資料を持ってきて、テーブルに置いた。去年の秋から今年の六月までの間に、明石が執刀医、あるいは助手として参加した手術の一覧表だった。明石の勤務状況を精査している瑞枝の弁護士が、病院関係者から入手した。そのコピーを送ってもらったのだ。

資料に目を落とすなり、脇本の顔が険しくなった。

「明石が手がけた手術か。弁護士から、過労自死の認定に向けて準備を進めているのは聞いた。そのときにも言ったが、協力はする。ただ、そんな話をしている場合じゃないだろう」

「いえ、これはさっきの話の続きです。この手術を覚えていますか？　先生が執刀した手術です」

グリーンの蛍光ペンで印をつけた個所（かしょ）をペンで指し示す。六月に行われた手術で、途中で患者が亡くなったと言うと、脇本はすぐに思い出した。

「そういえば、そんなことがあったな。くも膜下出血で緊急搬送されてきた患者だ。あのときは、少々驚いた。手術で助かるとばかり思っていたんだが、処置をしている最中に、別の場所の瘤が破裂し、大出血したんだ」

「手術ミスがあったという噂はご存じですか？」

脇本はぎょろっとした目を見開き、吐き捨てるように言った。

「そんな噂があったのか。バカバカしい。まあしかし、レアなケースではあったな。不勉強な人間は、ミスだと勘違いするかもしれない」

「では、こちらの手術に記憶はありますか？」

印をつけたもう一つの欄を指す。昨年の九月末に行われた脳出血の手術だった。執刀医は明石で、助手には若手のドクターが入っている。このときの手術は成功した。しかし、その二週間後、患者は再発作を起こして、亡くなっている。

そのとき助手を務めた若手に昨日、宇賀神が確かめたところ、明石はこの症例に興味を持っていた。自分の手術は完璧だったはずなのに、なぜ、再度発作を起こしたのか、理解しかねると言っていたそうだ。

「自分が執刀したならともかく、そうでない手術を覚えているわけがない。いったい何件の手術を私がこなしていると思っているんだ」

脇本はソファにふんぞり返ると、宇賀神をにらんだ。

「それより、いったい何が狙いなんだ。説明がないまま、あれこれ聞かれるのは、実に不愉快だ。取り調べでもしているつもりかね」

宇賀神はゆっくり切り出した。

「この二人の患者は、ＤＢ－１の投与を受けた可能性があります」

脇本は眉を寄せると、姿勢を正した。

「理由を説明してみろ」

「まず、明石が昨年九月に手がけた手術なんですが……」

手術を受けた患者の名は、高橋功。ナースが記憶していた被験者の氏名と一致する。臨床研究で入院していたときの担当ナースと、脳出血の手術をした後に入院していた際の担当ナースの記憶をすり合わせた結果、おそらく同一人物だという結論になった。

カルテにアルツハイマー型認知症の既往症あり、という記載もあった。被験者の一人と考えて、ほぼ間違いない。

臨床研究の際の患者のデータは、院内の電子カルテシステムやレセプトシステムとは別に管理されていた。だから、同一人物だと気づかなかったのだろう。灯台下暗しとはこのことである。

脇本は、顎を撫でながらうなった。

「ということは……被験者三人が皆、脳血管をやられているのか」

宇賀神はうなずいた。

平出園子、小林織江、高橋功と、臨床研究の被験者が三人とも、命を落としている。DB－1の副作用である疑いは濃厚だ。

脇本は、資料の印をつけた部分を激しく指で叩いた。

「では、今年六月の手術はどうなんだ。その患者にも、DB－1が投与されたのか？　私は聞いていない」

「この患者も、認知症の既往症があると記録にありました。曙医大に通院していたわけではないようですが」

それだけで、その患者にDB－1が投与されたとは言えない。しかし、問題の手術の翌日に、明石が村西に会っている。

そう言うと、脇本は深刻な顔つきになった。

「村西と明石が……。そういえば、前もそんなことを言っていたな。二人が会ったのは確かなんだな」

「明石のスケジュール帳にそう記載がありました。この手術について、覚えていることを教えてください」

「手術の中身は、さっき話した通りだ」

脇本は記憶を手繰るように、ややうつむいて目を閉じていたが、やがてはっとしたように大きな目を瞬いた。

「何か思い出しましたか？」

脇本は小さくうなずいた。

「あのとき、私は明石に執刀を命じたんだ。DB－1関係の業務で手一杯だった。ところが、直前になって村西が私の部屋に来て、私が執刀したほうがいいと言った」

――さっき、廊下で明石先生と会いました。これから緊急手術だそうですが、ひどく疲れている様子で、ふらふらしていました。あれでは、執刀医はとても務まらないでしょう。DB－1の技術移転契約が大詰めの大切な時期に、つまらないミスでもされたら大変です。ここは、脇本先生自ら執刀してはいかがでしょう。

「村西はDB－1の臨床研究の専属だ。外科の仕事に口を出すなと一喝したんだ。なのに、村西は粘り強く私を説得してきた」

そこまで言うからには、明石は相当具合が悪いのだと考え、脇本は明石に替わって執刀医を務めることになった。

脇本は、舌打ちをした。

「どうやら間違いなさそうだな。村西は、その患者にもDB－1を投与したんだ。おそらく、副作用があることも知っていたんだろう。だから、私に執刀させたかったんだ」

明石が二流とはいわない。しかし、脇本は超がつく一流の脳外科医である。村西は、患者の脳血管が、DB－1で傷んでいる可能性を考え、脇本に執刀を勧めた可能性がある。

「明石も、何かおかしいと気づいていたんだろう」

執刀を替わってやるから、今日は早く帰って休めと伝えたところ、明石は執刀医は替わるが、ぜひ助手を務めさせてほしいと申し出た。

「村西のやつめ。いったい何を考えていたんだ！　そもそも、今どこにいるんだ！あの男のために、私のキャリアは台無しだ！」

激高する脇本の声を聞きながら、宇賀神の頭の中に、しんとしたものが広がっていった。脇本の声が次第に遠のいていく。頭の中は冷えているのに、心臓は激しく打っていた。血がドクドクと全身を駆け巡る。

脇本と話す前は、想像でしかなかった。しかし、今や確信に変わりつつある。

明石は、自殺ではなく、事件に巻き込まれたのではないだろうか。すなわち、殺された可能性がある。

もしそうなら、当初取りざたされていたサニー製薬黒幕説も、的外れではないと思った。

サニーは村西を通じて、データの不正操作をしてＤＢ－１に効果があると見せかけた。ところが、臨床研究後、副作用で患者は死亡した。そんな事実が表ざたになったら、サニー製薬の株は暴落するどころか、会社そのものが潰れる可能性がある。明石が不正や副作用に気づいていたら、口封じを考えても、おかしくはない。

そういえば、今に至るまで村西は見つかっていない。一人の人間が、長く逃げ続けるのは難しい。ひょっとすると、彼はサニー製薬により、匿われているのではないだろうか。

それでも、まだ何かがおかしかった。平出芳子と小林が嘘をつく理由がないのだ。それはすなわち、まだ真相にたどり着いていないということにほかならない。

「宇賀神君！」

脇本に呼ばれ、我に返った。

「これからどうするんだ」

「そうですね……。今の僕の話を大学に報告してください。これ以上は、素人調査では無理です」

大学病院内に残っている情報を精査し、新たに判明した被験者の家族に聞き取り調査をするべきだ。

脇本が眉を寄せる。

「私がか？」

宇賀神は部外者である。この資料を入手した経緯も、大学に話すわけにはいかない。そう説明すると、脇本は不承不承うなずいた。

「それにしても、よく分からない話だ。そもそも、私の最初の主張はどうなるんだ。DB-1に効果はあった」

明石の死に不審を抱かず、あくまで自説の正しさを訴えるところが、いかにも脇本らしい。そういう人間なのだと、割り切るほかない。

宇賀神はテーブルに広げた資料をまとめながら言った。

「この事件は、おそらくここでは終わりません」

第三、第四の被験者の家族も、「DB-1に効果はなかった」と言い出す可能性が高いと宇賀神は考えていた。

この事件の糸を引いているのが誰だかは分からないが、その人物はＤＢ－１の効果を否定したがっているように見える。

宇賀神は、脇本の目を見ると言った。

「僕は先生を信じます。ＤＢ－１に、効果はあったんだ」

脇本が、信じられないというような面持ちで、宇賀神を見た。

「本当にそう思うのか？」

宇賀神はうなずいた。

ＤＢ－１に効果があると知れたら、都合の悪い理由が何かあるのだ。その理由こそが、この不可解な事件のカギを握っている。

脇本は、痛みをこらえるように顔をしかめていたが、大きくうなずいた。

「宇賀神君、よろしく頼む」

膝に手を当て、頭を下げる。半白髪の頭が細かく揺れていた。

7

十二月の中旬を過ぎても、インフルエンザは相変わらず猛威をふるっていた。金曜日は特に混雑ぶりがひどかった。明日は祭日で、来週の後半から年末年始休暇に入る。今のうちに薬を確保しておきたいのか、常連たちも相次いで来院した。

昼休みに、院長室でカップうどんをすすっていると、イネが郵便物を届けに来た。

「よく飽きませんね」

いつものしかめっ面で言う。

昨日はカレーうどん、今日はキツネだから、まったく別物だが、説明しても分かるまい。

「それにしても、混むな。ここまで混んだら、ここに来る意味がないと思うんですが」

「仕切りのおかげでしょう。つまり、私の功績ということですが」

イネは経営者の老医師にかけあい、待合室の中央にアコーディオンカーテンを取り付けた。インフルの疑いがある患者とそうでない患者が、受付カウンターに向かって左右に分かれて待機できるようにしたのだ。

たかがアコーディオンカーテン一枚である。隔離効果はたいしてないが、患者は安心感を覚えるようだ。高血圧や糖尿病の常連たちにも、評判は上々である。

「なるほどな。ボーナスを改めて要求したほうがいいかもしれない」

そう言うと、イネは唇をすぼめて笑った。

「真に受けないでください。患者が増えたのは、インフルの流行が続いているからです。もう一つあげるとしたら、宇賀神先生の頑張りのせいでしょう」

インフルの流行が続いている間ぐらいはと思い、終了時間を二時間延ばして七時にした。受付時間が終了した後、駆け込んでくる患者もみるようにした。すると、勤め帰りに寄る患者が増えたのだ。

「今日は申し訳ないけど、七時以降の患者は断りますよ」

イネの目が眼鏡のレンズの向こうで光った。咎めるような口調で言う。

「あの事件について、まだ調べまわっているんですか？」

調べたい気持ちはあった。しかし、とっかかりがまったく見つからない。しばらくは、曙医大の調査の成り行きを見守るほかなかった。

脇本が、宇賀神の推測をもとに再調査の必要性を訴えると、大学はすぐに内部調査を始めた。昨年九月に手術後の再発で死亡した高橋功が、本当にDB－1の被験者だったかどうかを調べたのだ。高橋の場合、他の被験者たちと異なり、臨床研究とは別に手術を受けていた。このため、すぐに連絡先は判明した。

結果は、宇賀神の考えた通りだった。高橋功はDB－1による治療を受けていた。治療が終了しておよそ一月半後、脳出血の発作を起こした。そのときは手術で一命をとりとめたものの、その後、再発作で亡くなっていた。そして高橋の家族も、DB－1の効果を否定した。これも宇賀神の考えた通りだった。

第四の被験者と思われる人物については、家族と連絡が取れず、DB－1の投与の有無自体が、確認できていない。大学は、年内いっぱい独自の調査を続け、年明けに再度、第三者による調査委員会を再招集する予定だそうだ。脇本によると、そのタイミングまで厳重な箝口令を敷いてあるそうだ。

それはそれとして、今夜は大事な約束があった。

「一応、クリスマスの時期なので、娘のところに」

杏子とあずさと三人で、ちょっと早いクリスマスディナーの予定だった。平日だが、杏子の仕事の関係で、その日しか時間が取れないという。

どこかの店に行くのかと思ったら、自宅に来いと言われ、戸惑った。離婚を前提に別居しているのだから、自宅に行くのは適当ではない。どこかの店にしようと提案したが、杏子からあずさが家がいいと言っているという。

「クリスマス！　宇賀神先生がねえ」

イネは郵便物を置くと、首を傾げながら出ていった。

午後も大忙しだった。七時半になんとか仕事を終えると、バスと私鉄を乗り継ぎ、世田谷にある自宅へ急いだ。いつものリュックを背負っているほか、手には紙袋を下げている。あずさへのプレゼントが入っていた。

十日ほど前、杏子からメールで通販サイトのアドレスが送られてきた。女児に人気のブランドもののバッグをあずさがほしがっているので、購入ボタンをポチッと押して買っておけ、というわけだ。

指示通りにしたが、不満だった。バッグがほしいならバッグでいいが、店に行って自分で選びたかった。そもそも、子どもにブランドもののバッグなど必要ない。

最寄り駅を降り、小さな商店街を抜けると、閑静な住宅街だった。窓や庭木にイルミネーションを飾りつけている家も多い。四つ角にある立派な門構えの二階建ての前で宇賀神は足を止めた。

　久しぶりの我が家だった。二十三区内にしては広々とした前庭があり、冬でも緑の芝生が敷き詰められていた。その中央に伸びる道は、途中で二つに分かれている。右へ行くと宇賀神が暮らしていた二階につながる玄関がある。

　門の前で建物を見上げる。温かみのある光が一階からも二階からも漏れていた。今、一人で暮らしているマンションの部屋も院長室も、蛍光灯は白熱灯タイプを使用しているが、それらとは違う種類の温かさだった。

　宇賀神の胸に、複雑な感情がこみ上げる。

　この家を出て、そろそろ一年半になる。今日をこの家の見納めにするつもりだった。いつまでも中途半端な状態は、あずさのためによくないと思うし、杏子は来年の春、念願の教授に昇進することがほぼ決まっている。その前に、けじめをつけたほうがいい。

　杏子は門を開けておいてくれたようだ。前庭を右へと進み、階段を途中まで上りかけたところで、ポケットの中の携帯電話が鳴った。画面を確認すると、美雪からだった。こんなときにと思ったが、彼女のほうからわざわざかけてくる理由が気になった。

通話ボタンを押す。美雪は動揺した声で聞いた。

「ニュースは見ましたか？」

「いや」

「村西の遺体が見つかったんです」

あまりのことに言葉を失った。黙って美雪の話に耳を傾ける。

先日、長野県の山林で、道に迷った登山者が遺体を発見した。身元を特定できるようなものは身に着けていなかったが、歯の治療痕から、八月以来、行方が分からなかった村西だと断定されたという。

言葉が出てこなかった。村西はこの事件の真相を解明するのに、欠かせない人物だった。これで、事件の真相は永遠に闇の中かもしれない。明石の死についても同様だ。

「自殺なのか？」

遺書のようなものはなく、現時点で自殺、事故、他殺のいずれかは分からない。

「でも、きっと自殺ですよね」

気落ちした声で言う。自分が取材した事件の当事者が自殺したのは、初めてだそうだ。

「バッシングのせいかもしれません。取材の口火を切ったのは私でした。そして、調子に乗ってガンガンねつ造犯だと書き立てて……」

美雪は泣いているようだった。

村西の死にショックを受けたのは分かるが、記者のくせにナイーブすぎる。美雪らしくもない。

「だからといって、記事を書かないわけにはいかないだろ」

「そうなんです。分かっています。デスクにも鼻で笑われました。でも、遺体が動物に食い荒らされて、ほとんど白骨化していたなんて聞かされて、正直、参っちゃって……」

やりきれなくなり、村西のことを知っている誰かと話したくて、宇賀神に電話をしたという。

「それより、ちょっと待て。村西が死んだのは、そんなに前なのか?」

「少なくとも三ヵ月以上は経っているようです」

ということは……。村西は、研究不正が発覚した直後に亡くなった計算になる。

強烈な違和感を覚えた。村西は、銀行カードやクレジットカードのキャッシングで二百万ほどの金を引き出していた。死のうとしている人間が、そんな大金を引き出す理由がない。

違和感の原因は、もう一つあった。宇賀神は、この事件の裏で糸を引いているのは、村西だと思っていた。しかし、平出芳子や小林が宇賀神に嘘をついたとき、彼はすでにこの世にいなかったことになる。仮に村西が彼らに嘘をつくよう、指示していたとすると、二人は村西と連絡が取れなくなってからも、忠実に指示を守っていたことになる。そんなことがあり得るだろうか。

村西の遺体が発見されたからといって、この事件は終わりではないはずだ。

宇賀神は言った。

「新郷さん、もう一度、この事件を取材しないか？」

美雪は思い込みが激しい。功を焦りすぎでもある。しかし、フットワークの軽さは、相当なものである。記者だから、誰に会いに行っても不審がられることはないのも利点だ。是非とも協力してほしい。美雪は気乗りしない様子で尋ねた。

「何か新情報でも？」

「前にも言ったように、DB－1には、効果があったかもしれない」

「それは近所の人が適当に言ってることですよね。被験者の家族は……」

美雪を遮る。

「取材してくれるなら、極秘情報を教えてやる。脇本のほかは、曙医大付属病院の学長と数人しか知らない。しかも、厳重な箝口令が敷いてある」

　美雪が息をのむ気配が伝わってくる。

「ただし、こっちがいいと言うまでは、記事にするな。勇み足はなしだ。禁じ手も使わないでくれ」

　スクープを取りたいのは分かるが、この事件はあまりにも複雑だ。そして、裏で糸を引いている人間は慎重だ。

「下手に動けば、相手の思う壺のような気がするんだ。慎重に事を進めたい」

　美雪は数秒の沈黙の後、言った。

「分かりました。約束します」

「信じていいんだな」

「しつこいですね」

　もし、DB－1に本当に効果があったとしたら、自分は村西ばかりか、脇本も殺そうとした。命を奪ってはいないが、社会的に抹殺しようとした。今さらだが、自分は記者という仕事を軽く考えすぎていたのかもしれない。この事件は、最後まできっちり見届けると美雪は言った。

「これから会えますか？　私、明日は企画で九州に出張なんですよ」

戻りは日曜の午後だという。

「いや、ちょっと今夜は……」

突然、肩を叩かれた。背後に杏子が立っていた。電話をしている声が聞こえたため、外に出て様子をうかがっていたようだ。薄手のセーターにエプロンをつけただけの姿はいかにも寒そうだった。杏子は小声で言った。

「行けば？」

――いいのか？

唇の動きだけで伝えると、杏子は白けた表情でうなずいた。

春奈にも声をかけ、四十分後に診療所で落ち合うことにする。電話を切ると、杏子が手を伸ばした。諦めたような光が、その眼には浮かんでいた。

「プレゼント。持ってきたんでしょ。あずさに渡しとく」

「ああ、そうだった。悪いな。明日はあずさは？」

「学校は休みだけど」

「じゃあ、午後に二人で改めてパーティーをしようと言っておいてくれ」

宇賀神は杏子に紙袋を渡すと、駆け出した。

翌々日の日曜、六月に行われた手術の最中に死亡した鈴原誠一郎(すずはらせいいちろう)という男性患者の自宅へ向かった。患者と同居していた娘がそこに住んでいるはずだった。

金曜の夜、春奈と美雪の三人で検討した結果、鈴原の娘を訪ねてみるべきだという結論になったのだ。この患者が第四の被験者かどうか、病院側は判断を保留している。

その患者は、くも膜下出血の発作を起こし、緊急搬送されてきた。そして、そのまま亡くなった。それ以前に曙医科大付属病院に通院や入院をした記録はなく、小林織江のように、ナースに写真を確認させる術(すべ)もなかったのだ。

ただ、緊急搬送されてきた際の記録は残っていた。春奈が、懇意にしていた受付の女性に調べてもらった住所は、新宿区内だった。徒歩でも三十分ほどで行けるようだったので、歩いて向かうことにした。

春奈も一緒に来る予定だったが、契約先の都内の病院の厨房担当者が急病になったため、急遽、代理で出勤することになったという。今日はクリスマスイブである。そんな日に突然、病欠者の代わりに他の社員に出勤を命じるのは気の毒なので、午前中だけでも自分が行くことにしたそうだ。

宇賀神も一応、昨日、あずさと二人でクリスマスを祝った。といっても、場所は診療所の院長室だ。街は混雑しているだろうと思い、自宅の最寄り駅まであずさを迎えに行き、連れてきたのだ。

ケーキは前日に杏子と食べたはずなので、出前で寿司を取ってやったのだが、「こんなの、クリスマスじゃない」とあずさは不満そうだった。サーモンが入っていないのも、気に入らないようだった。買っておいたオレンジジュースは、「お寿司と一緒に飲むものじゃない」と見向きもされなかった。

寿司を食べた後は、二人でトランプでもしようと思っていた。前日、美雪たちとの打ち合わせのあとで二十四時間営業のホームセンターでトランプを買っておいたのだが、あずさはそんなものつまらないと言って義父に買ってもらった携帯ゲームをずっと一人でしていた。

義母が迎えに来たとき、いそいそと帰り支度をし始めたあずさを見て、寂しさがこみ上げた。今のあずさにとって、宇賀神は家族ではない。

明石瑞枝は、欠落したパズルのピースを埋めようとしていた。杏子の家でも、宇賀神のいない隙間が埋まりつつあるのだろう。

そもそも宇賀神は異分子だった。ヒラとはいえ、大学病院の勤務医だったから、あの家に宇賀神の居場所があったのだ。そうでなくなった今、はじき出されるのは、自然の成り行きだった。

いつの間にか、目的地のそばまで来ていた。携帯電話で検索した地図を頼りに見つけ出した家は、細い道が入り組んでいる住宅密集地の中ほどにある小さな平屋だった。ドアの脇の表札がはぎとられていた。チャイムを押したが、応答はなかった。昼間だというのに、雨戸がすべておろされている。

引っ越したのだろうか。電気のメーターでもないかと思って、家の裏に回りこもうとしていると、背後から男性に呼び止められた。

「どうされましたか」

派手なオレンジのダウンを羽織った丸顔の老人が、狸(たぬき)のような顔をした柴犬(しばいぬ)を連れて立っていた。

「ここは、鈴原さんのお宅でしょうか。お嬢さんを訪ねてきたんですが」

友人だと、とっさに嘘をつくと、老人は一人合点するようにうなずいた。

「連絡が取れなくなったんですね。それで、わざわざ」

「もしかして、引っ越しを?」

「ええ。夏前にお父さんが亡くなったのはご存じですか?」

「くも膜下でしたっけ」

「そのすぐ後にイタリアだったか、イギリスだったかに慌ただしく発ちました。あっちの人と、ずいぶん前から結婚の約束をしていたようだから」

なるほど、家族に連絡がつかなかったのは、そういう事情があったからか。

「連絡先は分かりませんか？」

「知らないねえ」

犬が早く行こう、というように引き綱を引っ張った。老人はしゃがむと犬の頭を乱暴に撫でた。

「お父さんが亡くなってすぐに結婚だなんてって言う人もいましたが、まあ、気持ちは分かりますよ。お父さんは認知症で、介護が大変そうだったんですよ」

老人は話し好きな性質のようだ。春奈なら、これ幸いとばかりに、情報を次々と引き出せそうだが、宇賀神には相槌をうつのが精いっぱいだった。

「北海道に嫁に行った上のお姉さんが、きつい性格の人でねえ。お父さんを施設に入れるなんて、とんでもないと言って聞かなかったんだそうです。それなら、自分が実家にせめて月に一度は戻って手伝うのが筋でしょう。ところが、北海道にいるのをいいことに、ちっとも来ないんだから」

「お父さん、病院はどちらに通っていたんですか？　このへんだと、曙医大でしょうか」

「それは、くも膜下で運び込まれた病院だね。通っていたのは、早稲田通りを東にしばらく行ったところにある個人でやってる先生のところですよ」

老人が指で、こう、こう、と方向を示す。犬が焦れたようにリードを引っ張った。散歩を中断させられ、怒っているようだ。空振りだったが、主治医が分かったのは収穫だった。宇賀神は老人に礼を言うと、教えられた方向に歩き出した。

個人の経営なら、淀橋診療所のように、医師の自宅が併設されている可能性がある。日曜だが、運がよければ、主治医をつかまえられるかもしれない。

十分ほど歩くと、神経内科の看板が見えてきた。コンクリートが打ちっぱなしの小さなマンションの一階が医院になっているようだ。

近づくと、ガラス戸に「本日は終了しました」という札がかかっていた。ガラス戸の脇の壁にチャイムがあったので、一応、押してみる。

数秒後に、男性の声で応答があった。

「お休みのところ、申し訳ありません。淀橋診療所の宇賀神と申します。以前、通院していた鈴原誠一郎さんについて、聞きたいことがあってお尋ねしました。院長先生に少し時間をいただけないでしょうか」

インターフォンに出たのは院長本人だったようで、すぐに下に行くという返事があった。

マンションを見上げると、四階部分だけベランダが広かった。そこを自宅に使っているのだろう。そういえば、この敷地は、淀橋診療所とほぼ同等だ。老医師が亡くなったら、こんなマンションに建て替えられるかもしれない。

マンションの入り口から、宇賀神と同年配の男性が出てきた。ボストン型の眼鏡をかけており、薄いブルーのセーターを着ている。背は低くほっそりとして、いかにも優しそうな雰囲気だった。

「ここの院長をしている中沢(なかざわ)です。中で話しましょう」

鍵でガラス戸を開け、医院に入る。入ってすぐ目の前が、受付カウンターだった。壁に沿って縦方向に座面に茶色いビニールを張った細長いベンチが続いている。その先に、診察室や処置室があるようだ。エアコンは入っていないはずだが、すりガラスの窓から差し込む陽光が室内の空気を温めているようで、ダウンジャケットを着たままでは、汗がにじみそうだ。

休日に突然訪問した非礼を詫び、名刺交換をすませると、ベンチに中沢と並んで座った。どういう具合に話をすればいいのか迷っていると、中沢のほうから切り出した。

「鈴原さんのことは、気になっていました。今、宇賀神先生のところに通っているんですか？」

「いや、ウチは内科だけなので」

今年の六月に、くも膜下出血の発作で曙医大付属病院に搬送され、手術中に亡くなったと伝える。中沢は驚いたようだった。

「まったく知りませんでした。三月ごろ、突然予約をキャンセルしたんです。その後、何の連絡もなかったから、僕の治療方針に不満があって、別の医者にかかっているとばかり思っていました」

三月から亡くなるまでの間に、三ヵ月の空白がある。

「その間、鈴原さんがかかっていた医療機関に心当たりはありませんか？」

「いえ、まったく。娘さんに聞いてみたらどうですか？」

「さっき自宅を訪ねたんですが、外国に引っ越したと聞きました。向こうの方と結婚されたとか」

「ああ、そういえば、婚約者がいるとか言ってたな」

そう言うと、中沢は宇賀神をまっすぐに見た。

「何をお調べになっているのですか？　鈴原さんの、今の主治医だと思ったので、お会いしましたが、そうでないなら僕を訪ねてきた理由を聞かせていただきたい」

もっともな質問である。中沢は、常識のありそうな人物だ。事情をある程度、打ち明けてしまおうと決める。

「内密にお願いしたいんですが、鈴原さんはＤＢ－１の投与を受けた可能性がありま す」

中沢はギョッとしたように、身体を引いた。

「そうと決まったわけではありません。ただ、くも膜下の発作で手術を受けたときの状況から、そうだったのではないかと疑っています」

中沢は指で顎の辺りを撫でた。

「なるほど。くも膜下の発作は、ＤＢ－１の副作用の可能性があるわけか。ただ、脇本先生の臨床研究の被験者ではないですよね。そのころは、私のところに来ていましたから」

「臨床研究とは別口のようです。曙医科大付属病院に通院歴も入院歴もありません」

中沢は首を傾げ、しばらく考えていたが、思い当たることはまったくない、と言った。

「それにしても、残念です。鈴原さんは、認知機能以外は、いたって健康でした。もっと長く生きられたはずでした。DB－1というのは、罪作りな新薬候補でしたね。患者や家族に期待を持たせた挙げ句、命まで奪ってしまったわけですから」

中沢の言葉に違和感を覚えた。医師として当たり前のことを言っているのに、何かが違う気がする。どう違うのかは、宇賀神自身にもよく分からなかった。モヤモヤとしたものが胸の中に広がる。

事件の全貌解明を自分も望んでいると中沢は言った。

「何か思い出したら、連絡しますよ」

突然の訪問にもかかわらず、時間を取ってくれたことに対してお礼を言うと、宇賀神は腰を上げた。

ドアの手前に木製のラックがあり、パンフレットやチラシが入っていた。その一つが、宇賀神の目を引いた。ピンク色の紙と手書き風の文字に見覚えがあった。

手に取ってみると、認知症患者の家族のための電話相談の案内だった。

「これは？」

「どこかの患者団体が置いていったものでしょう」

認知症の患者や家族には、多角的なサポートが必要である。この手のチラシが持ち込まれたとき、ざっと見て問題がないようであれば、置かせているのだという。

「そういえば、鈴原さんの娘さんも、それを持って行ったんじゃなかったかな。愚痴を聞いてくれる人がいるだけでもありがたいとか言ってた覚えがあります」

中沢に断ってチラシを一枚もらうと、宇賀神は挨拶もそこそこに、医院を出た。やや離れた場所まで歩いてから、チラシをじっくりと読む。

現役の医師やナースが患者の家族の相談を無料で聞くと書いてあった。受付時間は、平日は午後七時から九時まで、休日は午前十時から午後五時まで。医師やナースが勤務時間外にボランティアで相談を受けているのだろう。

チラシに記載されていた番号に電話をかけてみると、話し中だった。無料ということもあり、相談の電話がひっきりなしにかかってくるのかもしれない。しかも、一分や二分ですむ相談でもないだろう。かけなおしても、タイミングよくつながるまでに、時間がかかりそうだ。

電話を切ると、今度は朝比奈安江の携帯電話にかけてみた。

院長室で会ったとき、朝比奈はこんなチラシを持っていた。ボランティアとして、この団体に参加していたのかもしれない。しかし、果たしてそれだけだろうか。

朝比奈は、DB－1の臨床研究チームに入っていなかった。脇本に疎んじられてもいた。だから、この事件に関係ないと思い込んでいたが、考えてみれば彼女は認知症の専門医だった。

「ああ、朝比奈先生、宇賀神です」

勢い込んで話し始めたが、すぐに機械音声が流れてきた。

――おかけになった番号は、現在使われておりません。

宇賀神はそっと唾を飲み込んだ。

彼女は最近、大学病院を辞めた。それだけならまだしも、携帯電話の番号を変えている。逃げた、と考えるのが自然ではないだろうか。

診療所に戻ると、仕事が終わったばかりの春奈に来てもらった。出張から帰ったばかりの美雪にも連絡を入れてから、二人で相談室に電話をかけ続けた。ようやくつながったのは、午後四時少し前だった。相談員に、朝比奈安江というドクターがいるかどうか尋ねる。

相手は困惑した様子で、相談員の名前は公表していないと言った。粘ってみたが、取り合ってもらえなかった。事情を話すわけにもいかず、そのまま電話を切った。

チラシには、電話番号以外の情報はなかった。事務所を訪ねていくわけにもいかない。

「脇本先生は、何時ぐらいにつかまるでしょうか」

「夜まではかかると思います」

朝比奈が関与している可能性について、脇本にも聞いてみたかった。携帯に電話してみたところ、留守番電話になっていた。日曜だが、念のために勤務先にかけなおしてみたところ、緊急手術に入ったばかりだという。

玄関の扉が開く音がした。寒さのせいか、頬を真っ赤にした美雪が入ってくる。

「どうでした？」

電話はつながったが、情報は得られなかったと言うと、美雪はコートを着たまま、ソファにどさりと腰を下ろした。

「朝比奈先生について、教えてください。どういう人なんですか？」

脇本の前任教授の愛弟子(まなでし)だった。十年ほど前、家庭の事情で二年ほど曙医大を離れた。そのせいか、業績がパッとせず、ＤＢ－１の臨床研究チームに入っていないと本人は言っていた。

「でも、認知症の専門家ではあるんだ。脇本が着任する前は、臨床研究チームにいた桑原を指導していた」

朝比奈は、脇本が仕事を任せたくなるタイプではない。だから、本人の言葉通り、無関係だと思っていたが、もし、相談室でボランティアをしていたとしたら、鈴原と接点があった可能性がある。

村西は、朝比奈から紹介を受けた患者を臨床研究の被験者にしたのではないだろうか。

「朝比奈先生が関与していたとしたら、宇賀神先生はこっちの動きを敵に教えていたことになりますね」

咎めるような目で美雪に言われ、返す言葉がなかった。

「申し訳ない」

謝ると、春奈が首を横に振った。

「まだ、朝比奈先生が関係していると決まったわけではありません。それに、調査委員会も当然、朝比奈先生を聴取しているはず。それでも、分からなかったわけですから、宇賀神先生ばかりが迂闊(うかつ)とは言えませんよ」

そういえば、報告書に彼女の名は一切、記載されていなかった。

「それにしても、朝比奈先生が何をしようとしていたのか、さっぱり分からないな」

ＤＢ－１の臨床研究に不正があった。ＤＢ－１には、重篤な副作用がある。

この二つは、事実と見て間違いない。しかし、全体像がさっぱり見えてこないのだ。美雪も、コートの襟に顎をうずめるようにして考え込んでいる。

そのとき、春奈が言い出した。

「被験者の家族を当たってみませんか？　あの相談室を利用したかどうか、聞いてみましょう。善は急げと言いますから、今から行ってみませんか？」

「さすがに今からというのは……。もう遅いし、クリスマスイブじゃないですか。明日の朝一番に私が取材に行きますよ」

春奈は首を横に振った。

「奥さんを亡くして一人暮らしをしている人に、クリスマスイブなんて関係ないでしょう。それに、取材ではないほうがいいと思うんです。宇賀神先生、付き合ってもらえませんか？」

認知症の夫を抱え、困り切っている妻の役を、もう一度小林の前で演じてみると春奈は言った。

「ウチの車を出しますから」

美雪が首を傾げる。

「でも、それって、意味がなくないですか？」

宇賀神も美雪と同じ考えだ。前回、春奈は「自分の夫にもＤＢ－１で治療を受けさせたい」と言って、小林を訪ねた。しかし、事態は進展した。ＤＢ－１に命に係わる副作用があるかもしれないということは報道によって広く知られている。

そう指摘すると、春奈は大きな目を閉じた。複雑な思いを飲み込むように、唇を噛む。

「ええ。でも、だからこそ、行ってみようと思うんですよ」

春奈には、何か考えがあるようだ。それが何かは分からないが、春奈の人を見る目には信頼を置いていた。

「分かりました。付き合います。新郷さんは免許を持っているのか？　だったら、来てほしい」

美雪が言うように、今夜はクリスマスイブだ。北千住は大勢の人で混雑しているだろう。コインパーキングに空きがすぐ見つかるとは限らない。美雪に車で待機していてほしかった。

嫌がるかと思ったが、美雪はあっさり承知した。

「脇本教授も、当分連絡がつかないんですよね。だったら、ここであれこれ考えていてもしようがありません。すぐに出ましょう」

ドアを開けた小林は、以前にも増して顔色が悪かった。そして、困惑した様子だった。

「またあなたですか」

春奈は、丸い肩をすぼめるようにして、深く頭を下げた。

「本当に申し訳ありません。でも、昼間、街を歩いていたら、いたたまれなくなってしまって……。みんな幸せそうなのに、私だけ、なんでこんな思いをしなきゃならないんだろうって思ったら、いてもたってもいられなくて、来てしまいました」

涙をにじませながら、哀れっぽく言う。

小林は困ったように顔を伏せていたが、寒いから、ともかく家に入るようにと二人に言った。

玄関とガラス戸一枚で仕切られた部屋が、居間兼食堂になっていた。男の一人暮らしにしては、綺麗に片づいている。ビニールクロスのかかったテーブルの上には、蓋つきの四角いプラスチック容器が載っていた。その隣に薬局の紙袋が置いてあった。薬のシートが半分ほどのぞいている。

それらを台所に下げると、小林は二人に椅子に座るように勧めた。

ふすまで仕切られた隣室は寝室のようだ。敷きっぱなしの布団が見えた。小林はふすまを閉めると、二人と向き合って座った。

「瓦田さんとおっしゃいましたっけ。先日は、失礼しました。報道された二人目の被験者は、私の妻です。騒動に巻き込まれたくなくて、嘘をついてしまいました」

春奈が何度も首を振る。

「いいんですよ。あれだけ騒がれた事件です。見ず知らずの人間に、余計なことを言いたくないと思うのは当然です」

春奈はさっきのチラシをバッグから出した。

「でも、そういうことなら、ぜひ、教えてください。小林さんはここに相談されました？　朝比奈先生という方に？」

小林が、はっとした様子で目を瞬く。それを見て確信した。小林の妻は、朝比奈の紹介でDB－1の被験者になったのだ。

「そこまでご存じでしたか。ならば、お応えしましょう。朝比奈先生に、DB－1の臨床研究の話を伺って、妻を被験者にしようと決めました」

宇賀神の胸に朝比奈に対する怒りと不信感がわきあがってくる。直接会ったときにも、電話で話したときにも、そんなことは一言も言っていなかった。それどころか、自分は無関係だと強調していた。なぜ、そんな嘘をついたのだ。そして、何を考えているのだ。

「やっぱりそうでしたか。あの相談室に電話をかけ続ければ、いつかは朝比奈先生が出て、相談に乗っていただけるんでしょうか。曙医大では、もう無理でしょうけど、どこか別のところで、DB－1の治療を受けられないでしょうか。もし、ご存じなら、朝比奈先生の連絡先を……」

小林は骨と皮ばかりの手を振り、春奈を遮った。

「いや、ちょっと待ってください。瓦田さんは、新聞やニュースをご覧になっていないんですか？」

DB－1の臨床研究の結果は、ねつ造されたものだった。しかも、DB－1には、脳血管に作用し、瘤を作ったり、血管壁を脆くしたりする副作用があるという。

「DB－1の奇跡を信じたいという気持ちは、痛いほど分かります。でも、あれは幻の薬だったんですよ」

春奈は、黙ったまままうつむいた。小林が困ったように宇賀神を見る。

「ともかく、僕はお役に立てません。朝比奈先生には、曙医大で臨床研究を担当している先生を紹介してもらっただけです。連絡先も分かりません」

小林はそう言うと、吐き気でもするのか、喉元を押さえた。これ以上、彼に無理をさせてはいけない。さっきテーブルに載っていた薬袋からのぞいていた薬は、胃がんによく用いられる抗がん剤だ。手術を受け、その後、在宅で療養しているのだろう。

なおも何か言いかけた春奈を宇賀神は制した。

「お暇しよう。これ以上、小林さんに迷惑をかけられない」

「でも……」

宇賀神は春奈の肩に手を置いた。目で、引き上げ時だと合図をする。

春奈は、哀れっぽく鼻をすすりあげると、小林に頭を下げた。

「夜分に突然、申し訳ありませんでした。でも、私、本当に苦しくて。ほんの一瞬でもいいんです。主人が、元の優しい主人に戻ってくれたら、あとはどうなってもいいんです。このままでは、生き地獄だわ」

小林の顔に、苦しげな表情が浮かぶ。

「さあ、行こう」

宇賀神に促され、春奈はようやく腰を上げた。

車に戻ると、運転席を倒して寝ていた美雪がさっと起き上がった。

「どうでしたか？」

思った通り、朝比奈が村西に被験者を紹介していたようだ。ただ、分かったのはそれだけだと言うと、美雪は苛立ったようにため息をついた。

「パズルのピースが一つ見つかったけど、全体像はまだ見えてこない。そんなところですかね」

運転席から出ようとドアを開けた美雪に、そのまま運転してくれと頼む。

「脇本先生に電話をしてみたいんだ」

美雪は素直にシートベルトを締めると、車を出した。沿道の電飾が美しかった。歩いている人たちの足取りも、どこか浮き足立っている。宇賀神は後部座席で、脇本の携帯電話に連絡を入れた。

「ああ、宇賀神君。何か分かったのか？」

被験者を選び、村西に紹介していたのは、朝比奈で間違いなさそうだと言うと、脇本は息をのんだ。

「朝比奈が……。あの女が、この騒動に関係しているというのか？」

「何かご存じなんですか？　あの人は、臨床研究チームには入っていませんでしたよね」

脇本は、長い間押し黙っていた。春奈が焦れた様子で、助手席から身体を乗り出すようにして後部座席を振り返る。宇賀神は、辛抱強く脇本の次の言葉を待った。しかし、いくら待っても、脇本は言葉を発しようとはしなかった。

「先生、何か心当たりがあるなら、話してください。でないと、この事件の全容は、解明できませんよ」

脇本は深いため息をつくと、ボソッと言った。

「DB-1のもととなる物質の発見者は、朝比奈だ」

一瞬、意味が分からなかった。その物質は、脇本が前職時代に見つけ、曙医大で桑原マキとともに動物実験を重ね、臨床研究までこぎつけたという触れ込みではなかったか。

「そうではない。あれは、朝比奈が見つけたものだ」

覚悟を決めたのか、今度ははっきりとした口調だった。

曙医大に教授として招へいされたとき、大学から脳神経科の人事を一任された。その際、朝比奈を切るつもりだった。ろくな実績がない万年講師を恩情で飼っておく必要はないと考えた。

「ところが、朝比奈は思いがけない取引を持ち掛けてきたんだ。未発表の有力な研究成果が自分にはある。それを私に譲るから、大学に残らせてほしいと言い出した」

——自分には、実績がない。研究資金を引っ張ってくる力もない。自分に代わって、ぜひともこの研究を発展させ、認知症の患者やその家族を救ってほしい。自分は一切、口をつぐむ。すべて、脇本の手柄にして構わない。研究チームにも加わらない。新薬が世に出るプロセスを見守らせてもらうだけで十分だ。

「私は、朝比奈の提案に乗った。ノーベル賞を獲ると公言していたものの、画期的な成果など、そうそう出るものではないと自分でも分かっていた。それに、患者のためでもあると思ったんだ。彼女が言うように、私の成果ということにしたほうが、研究資金を引っ張りやすい」

ずいぶん自分勝手な理屈である。しかし、現実を考えると、脇本の主張にも一理あると言わざるを得なかった。万年講師で無名の存在である朝比奈と、脇本では、ネームバリューに圧倒的な差がある。

「私は、朝比奈の提案を受け入れた。彼女は私に基礎実験のデータをすべて譲り、身を引いた」

動物実験は、朝比奈の下にいた桑原マキに任せた。その成果が出た段階で、サニー製薬に共同研究の話を持ち掛け、臨床研究を取り仕切る人材として、村西を派遣してもらった。

「しかし、よく分からない。一連の臨床研究不正を主導したのは、朝比奈ということになるのか？　なぜ、彼女はＤＢ－１に効果がなかったなどと、被験者の家族に言わせたのだろう」

成果を横取りされた恨みという可能性はある。しかし、今の脇本の話を聞く限り、彼女は納得して身を引いている。

「それは、朝比奈先生に聞いてみないと分かりません。彼女は先月、大学を辞めました。どこにいるか、心当たりはありませんか？」

「いや、まったくない」

脇本の声には無力感がにじんでいた。朝比奈が関係していたことが、相当ショックなのだろう。

木曜から年末年始休暇に入る。そのときに、直接会って改めて話をしたいと言って、脇本は電話を切った。

脇本の話をかいつまんで美雪と春奈に伝える。

美雪がハンドルを握りながら、舌打ちをした。

「脇本って、本当にどうしようもない人間ですね。他人の成果を横取りするなんて、あり得ないわ。相手が女性ドクターだから、舐めていたんだと思います。脇本は、女性蔑視主義者ですから」

だから、どうしても叩きたかったのだと、美雪は言った。

「初めての取材の後、いきなり飲みに連れ出されたんですよ。それはいいんですけど、セクハラ三昧で……」

エロトークぐらいならと我慢をしていたら、図に乗って触り始めた。隙を見てひそかにレコーダーのスイッチを入れ、録音をして上司に聞かせた。カリスマと言われ、ノーベル賞を獲ると公言している医師が、女性記者にセクハラを働いたとなれば、それなりのニュースになると思ったという。

「デスクは、脇本の機嫌を損ねたらどうするのだとか、あの人は日本の医学界を背負って立つ人間だからとか言って、取り合ってもらえませんでした。だから、何が何でも脇本を叩きたかったんです」

脇本に恨みがありそうな気はしていたが、そんな事情があったのか。どこか歪んでいる気がする。しかし、まだ若い美雪には、それぐらいしか報復手段がなかったのかもしれない。

それまで黙っていた春奈が口を開いた。

「それは、いったん脇に置いておきましょう。今は脇本の人間性を云々するより、事件の真相を世に知らしめるのが大事だと思うんです」

美雪が素直にうなずく。

「それはそうでした。裏で糸を引いていたのは、朝比奈先生かもしれませんね。でも、本人と連絡が取れないんでしたよね」

朝比奈の行方は分からない。事情をある程度は知っていた可能性がある桑原マキも同様だ。そして、村西も亡くなっている。

美雪はため息をつくと言った。

「とりあえず、ほかの被験者の家族をもう一度取材してみましょうか。それぐらいしか思いつきません」

明日から早速、動いてみるという。

「新郷さんは、昼すぎに九州から帰ったばかりだよな。休みなしで大丈夫なのか？」

「そんなこと言ってられません。人が亡くなっているんです。かかわった記者として、できるだけのことはやらないと」

そうしなければ、バッシングに加担した罪悪感を払拭（ふっしょく）できないと美雪は言った。

「記事を出すのは私の仕事です。でも、脇本憎しのあまり、筆が滑ったことは認めます」

後部座席から、彼女の横顔を見た。相変わらず整っている。それでも、抜け目なく目を光らせながら、禁じ手を容赦なく使っていたころの彼女とは、別人のようだ。今の彼女なら、信じて任せてもいい。

しかし、春奈は取材は少し待ってほしいと言った。

「私が動いてみたいんですよ。ちょっと思うところもありますし」

「瓦田さんがですか？」

「取材と言われると、相手はどうしても警戒します。それより、同じように介護で苦労をしている人間として話を聞くほうが、相手は心を開きやすいんじゃないでしょうか」

「それはそうかもしれませんが、大丈夫ですか？」

「ええ。任せてください。それと、さっき会った小林さんは、何かの病気ですよね」

「胃がんだと思います。薬がチラッと見えた。それにしても、よく気が付きましたね」

「顔色が悪かったし、テーブルに乗っていたプラスチックの容器、うちのお弁当ケースなんですよ。食が細い病人向けのものです」

それだけのことから、何か見えてきたものがあったのだろうか。

宇賀神は、後部座席で腕を組んだ。自分には、さっぱり分からない。いくつかの点は、はっきり見えてきた。でも、それをどうやってつなげれば、形になるのか分からない。

「会長、何か考えがあるんですか？　もしそうなら、聞かせてください」

「私も聞きたいです。すぐに記事にしたりはしませんから」

美雪も言ったが、春奈はしばらく待ってくれと繰り返すばかりだった。

8

年が明けた。大晦日も三が日も一人で過ごした。三日の朝、一人暮らしのマンションのベッドで横になっていると、春奈から電話がかかってきた。

「小林さんから、連絡がきました。私をある方に紹介してくれるそうです」

この日を待っていたのだと春奈は言った。言葉とは裏腹に、憂鬱そうな声色だ。

「ある方というのは？」

「はっきりとは言いませんでしたが、おそらく朝比奈先生だと思います。宇賀神先生、一緒に来ていただけますか？」

美雪にも声をかけたが、あいにく休日番で午前中いっぱい会社に詰めていなければならず、すぐには出られないという。

「時間と場所は？」

「住所を聞いたところ、河口湖のほうにある別荘地のようです。そこへ昼すぎに行ってほしいと。小林さんも同行するそうです」

「なんで、そんなところに?」

「さあ。ともかく、お願いします。車は、ウチの息子に借ります」

小林を拾っていくので、社用車を使うわけにはいかないという。

「私が運転をして、これから宇賀神先生のところに行きます。そこからは、宇賀神先生にお願いします」

「それは構いませんが、小林さん、遠出をして大丈夫なのかな」

「私も気になったんですが、お医者さんの許可が出ているそうです」

いざとなれば、宇賀神も対処できる。消化器内科は宇賀神の専門だった。

「では、診療所で拾ってください。一応、何かあった場合に備えて、医療器具類を持っていきたいんです」

電話を切ると、すぐに着替えた。

診療所で必要なものを鞄に詰め終えたところで、クラクションが鳴った。外に出ると、春奈はファミリータイプのワゴン車の助手席に収まっていた。バックドアを開けると、ラゲッジに子ども用の金属バットが一本転がっていた。春奈の孫の持ちものだろう。それを奥に押しやり、鞄を積むと、宇賀神は運転席に収まった。

車を出しながら尋ねる。

「いったい、どういうことなんでしょう」

「小林さんは、似た境遇の身の私に、同情してくれたんですよ」

「でも、病身でわざわざ同行するなんて」

「彼としても、思うところがあったんでしょう」

「それにしても、なぜ朝比奈先生は……。流れからすると、DB−1の治療を受けさせてくれる、という話になるのではないかと思うんですが」

「私もそう思います」

「でも、あれには重い副作用が……」

「だからこそですよ」

春奈の言っていることが、よく分からなかった。

「亡くなる可能性が高いんですよ？」

「だからこそなんです」

平出芳子は、十一年間も介護に従事し、身も心も疲弊していた。鈴原の娘は、父親の介護のために、婚約者と結婚できずにいた。そして、小林は自身ががんに冒されていた。もう一人の被験者、高橋については分からないが、おそらく何らかの事情を抱えていたはずだと春奈は言った。

「ちょっと待ってください。家族を……。ＤＢ－１でわざと死なせたというんですか？」

もしそうであれば、れっきとした殺人である。回復の見込みのない病にかかっているからといって、わざと死なせるなんて、狂気の沙汰としか思えなかった。

歪んだ正義を振りかざして、障碍者施設で大量殺人をやってのけた若者が何年か前にいた。無抵抗の人たちを、社会に不要と勝手に決めつけ、次々と殺していった。あれと同じことを朝比奈がやったというのか。

朝比奈をよく知っているわけではない。彼女は、どこか暗いものを持っていたのも事実だ。しかし、彼女はあの若者ほど愚かではないはずだ。しかも、朝比奈は医師である。命の重みを誰よりも分かっていたはずだ。

それに、家族にしたって……。介護がとてつもなく大変だったというのは分かる。しかしながら、だからといって、身内をわざと死なせるだろうか。

それとも、認知症の身内の介護というものは、そこまで人を追い込むものなのだろうか。

「宇賀神先生、落ち着いていてください。少なくとも、最初の三人についていえば、家族はわざと被験者を死なせたわけではないと思います」

「なぜそう思うんですか？」

「時系列に沿って考えてみてください」

考え始めてすぐに分かった。

「ああ、なるほど」

おそらく臨床研究に参加した時点では、副作用があるとは分かっていなかったのだ。あくまでも治療が目的だった。

「でも、やっぱりおかしくありませんか？　少なくとも現時点では、DB-1に副作用がある可能性が濃厚だと、朝比奈先生はもちろん小林さんも分かっています。なのに、会長にDB-1の治療を勧めるというのは……」

「ええ。わざと死なせましょう、もっと言えば殺しましょうと言っているようなものです。そのあたりの説明が難しいんでしょう。だから、たぶん、小林さんは自分も同行する気になったんだと思うんです。とりあえず、私が小林さんと二人で、朝比奈先生に会います。宇賀神先生は、外で待っていてください」

朝比奈と顔見知りだから、宇賀神がのこのこ出ていくのはまずいというのは分かる。しかし、とても納得できない。

「第一、危険ですよ。人殺しを勧めるような人間のところに、会長を一人でやるわけにはいかない」

「携帯電話を通話状態にしておきます。それで様子を聞いてください。危ないと思ったら、窓を破って入ってきてください。念のために孫の金属バットを借りてきました。あれを使えばなんとかなるでしょう」

「いやしかし……」

「ともかく、私に任せてください」

春奈はそれきり黙り込んだ。

小林を拾ってからも、同様だった。小林は身体がしんどいのか、後部座席で、ジャンパーを毛布のようにかけて横になっている。

首都高から中央自動車道に入る。上り車線の渋滞をよそに、ワゴン車はすいすい進んだ。

カーナビを頼りにたどり着いたのは、山林の中にポツンと建つ小さな平屋だった。別荘というより、古い個人の家といった雰囲気である。家の前に、白い軽自動車が停まっている。

小林が身体を起こした。

「ああ、着きましたか。では、早速行きましょう」

春奈はシートベルトをはずしながら、宇賀神を見た。

「晃君は、車で待ってて」

「えっ、でも……。叔母さん一人で大丈夫ですか？」

小林の手前、一応、抵抗をしてみせた。

「いいから、待っててちょうだい。その辺をドライブでもしてたらいいわ」

春奈はそう言うと、「任せろ」と言うように、ポケットを軽く叩いた。宇賀神に電話をかけた、という合図のようだ。

二人が車を降りると、宇賀神は携帯電話の通話ボタンを押し、車を発進させた。家のドアを開けるのが、本当に朝比奈ならば、彼女の視界に入ってはまずかった。

家から五十メートルほど離れたところで車を停め、携帯電話を耳に押し当てた。

――はじめまして。瓦田と申します。

送話音量を最大に設定しているようで、春奈の声はクリアに聞こえた。

――朝比奈です。

探し求めていた人物の声を聞き、宇賀神の背筋に冷たいものが走った。さっきの春奈の話をそのまま信じるならば、朝比奈は殺人者だった。

春奈は、自分が夫の介護で苦しんでおり、ＤＢ－１をぜひ投与してもらいたいと切々と訴えた。

──奇跡を信じたいんです。

──気持ちは分かります。ＤＢ－１の用意もあります。奇跡は現実のものとなるでしょう。

──えっ、それじゃあ。

──ただ、命に係わる副作用が予想されます。それをあなたは受け入れられますか？

朝比奈の声は、慈愛に満ちていた。いつもの投げやりな調子とはまるで違う。これが彼女本来の話し方なのだろうか。あるいは仮面をかぶっているだけなのか。

春奈がおずおずとした声で尋ねた。

──あの……。副作用というのは？

──報道でご存じありませんか？ ＤＢ－１は脳の血に動脈瘤を作ったり、血管壁を脆くしたりするようです。その結果、くも膜下出血や、脳出血の発作を起こすリスクがとても高くなります。ただし、その前に奇跡の時間は訪れます。ＤＢ－１を投与してから、およそひと月後、ご主人は以前のご自分を取り戻すでしょう。ただ、残念ながら奇跡は長くは続きません。

――亡くなると決まっているんですね。

――その可能性は高いと言わざるを得ません。

――どうすればいいのかしら。死ぬと分かっているのに、治療を受けさせるなんて……。

それまで黙っていた小林が口を開いた。

――簡単には決められないと思います。そこで、私の体験をお話ししたいと思って、今日は同行させてもらいました。私は胃がんなんです。一昨年(おととし)の春、あと二年ももてばいいほうだと言われました。正直なところ、途方にくれました。妻には、私のほか、身寄りがいません。認知症の妻一人を残しては死ねない。あなたと同じように、藁にもすがる思いで相談室に電話をしたんです。そこで、朝比奈先生に、ＤＢ－１の被験者になるよう、勧められました。奇跡の薬だから、治る可能性があると言われ、即座に被験者になると決めました。結果は、素晴らしいものでした。妻は、自分を取り戻したんです。

宇賀神は唾を飲み込んだ。

やはり、ＤＢ－１は、効果があったのだ。家族からははっきりそう聞き、ようやく心の底から信じる気になった。

小林は続けた。

――妻は苦労をかけて申し訳ないと涙を流してくれました。私たちは、妻が発病する前と同じように、心を通わせあい、様々なことを話しました。私ががんに冒されていて、近い将来、死ぬ運命にあることも、正直に打ち明けました。妻は最期まで、私を支えてくれると約束してくれました。そんな折に、あっけなくも膜下で……。DB－1の副作用かもしれないと、村西に言われた。それでも、DB－1の投与を受けたことを後悔はしていない。

――あれは奇跡の薬でした。私たち夫婦に幸福をもたらしてくれました。少なくとも認知症で何も分からない状態の妻を残して私が先に死ぬよりましだったと思います。おそらく妻もそう言ってくれたはずです。瓦田さんが、今、どんな状態なのかは分かりません。ただ、今の私の話を踏まえて、どうなさるか決めたらいいと思います。

そこで一呼吸置くと、小林は言った。

――ただ、どのような決断をしたとしても、このことは決して口外しないでください。そんな薬があると、世の中に知られてはいけないんです。

朝比奈が付け加える。

——致死的な副作用があると分かっている薬は、どんなに効果があっても、決して認められないでしょう。でも、ニーズはあるはずなんです。だから、私は人知れずこの場所で、本当に困っている人を助けたいと思っています。

ようやく朝比奈の考えが飲み込めた。それと同時に身体が震え出した。今、宇賀神の目の前に突き付けられた命題は、あまりにも重い。

訪れる奇跡は、死と引き換えにしていいほど素晴らしいものだと、小林は言っている。しかし、本当にそれでいいのだろうか。奇跡は訪れなくても、病とともに自然に朽ちていくほうが、人間らしい死とは言えないだろうか。そもそも、家族とはいえ、第三者がその人の死を決めるなんて、何かが間違っているような気がしてならない。

介護をする側の事情は分かる。しかし、だからといって、介護される側の生を奪っていいとは思えない。たとえ、介護される側が死を望んだとしても、それをかなえたら、殺人幇助（ほうじょ）あるいは、嘱託殺人に当たりそうだ。そして、そもそも介護される側が死を望んでいるかどうか分からないのが最大の問題だ。

長い沈黙の後、春奈は言った。

——ちょっと一人で考えたいんです。外に出てきていいですか？

宇賀神は電話をダッシュボードに置くと、素早く車のエンジンをかけた。Uターンして、さっきの家の前まで戻る。

玄関先に春奈が足踏みをしながら立っていた。コートを着ていないので、いかにも寒そうだ。大きな目に、悲しみの色が浮かんでいた。春奈は、小林、そして朝比奈に共感しているのだと思った。たとえわずかな時間でも、患者と家族が心を通わせられるようになるならば、その先に待っている死を容認してもいいのではないか。そう訴えたいようだ。

春奈の気持ちは分かる。でも、致死的な副作用の存在が濃厚と分かっている今、DB－1を用いたら犯罪同然である。宇賀神の気持ちを察したのか、春奈はうなだれると、首を横に振った。

「ここから先は、宇賀神先生に任せます」

宇賀神はうなずくと、家に上がった。

築五十年は経っていそうな古い家だった。玄関を上がると、すぐに畳の間になっていた。畳は煮染めたような茶色をしている。

朝比奈は、ちゃぶ台を前に、きちんと正座をしていた。宇賀神の姿を認めると、驚愕で顔を歪ませる。

眼鏡のブリッジを指で押し上げると、朝比奈は叫んだ。

「宇賀神先生！　どうしてここに？」

　小林が、おろおろとしながら、宇賀神と朝比奈を見比べる。

「話は全部外で聞きました」

　朝比奈は青ざめながら額を畳にこすりつけた。

「見逃して。お願い！　ＤＢ－１には、命に係わる副作用があるわ。でも、一時的に効果はあるのよ。認知症患者とその家族にとって、夢の新薬に違いないでしょう」

　宇賀神は畳の上に腰を下ろした。朝比奈の話をじっくり聞くべきだと思ったのだ。

「副作用があることは、初めから分かっていたんですか？」

　朝比奈は顔を上げると激しく首を振った。

「とんでもない。効果を信じてたわ。だから、本人はもちろん、家族が苦しんでいる人を、被験者に選んで村西先生に紹介したのよ」

　実際、効果はあった。結果を村西から聞いたときの高揚感は、今でも忘れられないと朝比奈は言った。

「でも、そのすぐ後に、立て続けに被験者が亡くなった。三例とも脳血管の障害だった。当然、副作用を疑うべきよね。村西さんは、頭を抱えていたわ。臨床研究の成果を近々大々的に発表することが決まっていたから。だけど、私には腹案があった」

平出園子が亡くなった後、娘の芳子から連絡があった。そのとき、芳子は「後悔していないどころか、感謝している」と朝比奈に告げた。

まったく意思疎通ができなかった母親と、二週間ほどだったが、心を通い合わせ、再び親子として生活できた。母は、身を犠牲にして介護をしてくれた芳子に、泣いて感謝をした。それで、十一年間の苦労が報われた気がすると言った。

「高橋さんも同じだった。小林さんも……。それを聞いてDB－1は、必要な薬だと確信したわ」

ただ、このままではいずれ副作用の存在が明るみに出る。

「その前に、DB－1を、この世から消し去ろうと思ったの」

それが、あの臨床研究不正事件の真相だと朝比奈は言った。

DB－1は効果がない。脇本によるねつ造だった。そうと決まれば、その存在など、いずれ世間は忘れるだろう。

そうしたら、極秘裏に細々と、必要な患者や家族に、DB－1を使った治療を続けられる。遠からず副作用で亡くなるとしても、その前に元の父、母、妻、夫に会いたい。そのニーズは切実だ。それに応えようと自分は思った。

「幸い、DB－1は少量なら比較的簡単に作れるのよ。だからなんとかなると思ったの」

「村西さんも、それに賛成したんですか？」

「ええ」

「信じられないな」

朝比奈の口元に、皮肉な笑みが浮かんだ。

「そりゃあそうでしょう。宇賀神先生には、認知症の家族がいないんだから。私たちの切実な気持ちが分かるわけがないのよ」

自分は認知症の母の介護で、休職せざるを得なかった。誰もほかにみる人間がいなかったし、母が施設に入るのを嫌がったから、どうしようもなかった。

「それで研究者としての人生を棒に振ったわ。村西さんも同じ。研究医の道を志していたのに、認知症のお母さんの介護費用がどうにもならなくて、サニーに転職したの」

サニー製薬が脇本教授に協力すると決め、自社から人を派遣すると決まったとき、村西は自ら志願して、曙医大にやってきたという。

「そういう経験があるから、アルツハイマー型認知症の新治療薬を世に出す手伝いを是非したいんだって聞いていたから、村西さんなら分かってくれると思ったの。実際、彼は私に共感してくれた。そして、ＤＢ‐１に偽りの新薬というレッテルを張って、葬り去るのに協力してくれたのよ。宇賀神先生にはピンとこないかもしれないけど、これは人助けなのよ！」

朝比奈の表情には鬼気迫るものがあった。その迫力に飲み込まれてしまいそうになる。しかし、同意はできなかった。宇賀神は、ゆっくり首を横に振った。

「人助けというのは、綺麗ごとだ。朝比奈先生がやろうとしていることは、殺人の幇助だ。許されることじゃない」

朝比奈の頰に、いつもの皮肉な笑みが浮かんだ。

「それこそ綺麗ごとでしょ。世の中には、切実なニーズがあるのよ」

「介護が大変だったのは察します。それが、先生の人生に暗い影を落としたのも、痛ましいことだと思う。でも、お母さんの面倒を見てよかったと思ったことはありませんか？」

幼いころ、宇賀神の実家には母方の祖母が同居していた。アルツハイマー型ではないものの、認知症だった。宇賀神の母は介護で疲弊していたが、時折、こんなことも言っていた。

――ふとした拍子に昔のように優しい笑顔になるのよね。それを見ると救われた気持ちになるし、一緒に過ごせる時間を大切にしようと思える。

「そういう瞬間は、朝比奈先生にまったくなかったんですか？　記憶が失われても、妄想があったとしても、お母さんはお母さんでしょう。だからこそ、投げ出さずに最後まで面倒をみたんじゃないですか？」

朝比奈が苦し気に眉を寄せる。

「それは……」

「綺麗ごとと言われるのを承知で言いますけどね。朝比奈先生のような経験をした人は、介護が必要な人や家族を支える体制をもっと手厚くするよう、政府に働きかけるべきだったのでは？　それをせずに、負担になるから殺してしまえというのはあんまりだ」

それまで黙っていた小林が叫んだ。

「それは違う！」

小林は宇賀神ににじり寄った。

「そんな単純な話ではないんです。私は一時的でも、元の妻に会えた。それが、どんなに私にとって素晴らしいことだったか。妻も幸せだと言っていました。あの奇跡のためなら、どんな犠牲を払っても構いません。副作用があると知っていたとしても、私は妻にDB－1の治療を受けさせたと思います」

ほかの被験者の家族もそう思ったから、朝比奈の指示に忠実に従い、DB－1に効果はなかったと言い続けたのだろう。

なんとも言えない気持ちが、宇賀神の胸にこみ上げる。

「小林さん、悪いが黙っててくれませんか。これは医者同士の話し合いなんだ。それに、ちょっと横になっていたほうがいい。相当、具合が悪そうですよ」

小林は青黒い顔を歪めると、ふらりと立ち上がった。ふすまの奥へと姿を消す。

再び朝比奈と対峙する。目の奥が、底光りしていた。自分に絶対的な自信を持っている人間の目だ。狂気に憑かれた人間の目でもある。

眼の光の強さに、吸い込まれそうな錯覚を覚える。

「小林さんも言ってるでしょ。DB－1は、重荷になってる親や配偶者を自分の人生から排除するために使うんじゃないの。愛しているからこそ、もう一度、しっかり気持ちを通わせ合いたいから使うのよ。それでも、ただの殺人幇助だって言える？」

DB－1は、患者と家族にとって最後の救いとなる夢の新薬なのか。それとも、命を奪う悪魔の薬なのか。

一概には決められないような気がしてくる。

宇賀神は頭を強く振った。

それでも、人の命を奪うことは許されない。それが、回復の見込みのない患者であってもだ。それが、この国のルールである。

そして、もう一つ問題があった。

「明石は……、DB‐1の副作用に気づいていたんですね？」

朝比奈は明石がうつ病で自殺したと見せかけるために、彼のデスクに精神科の薬を忍ばせた可能性もある。

朝比奈の目が泳いだ。明石の殺害を認めたも同然だった。

「あれは、村西さんが……。だから、彼は自殺したんでしょう。最初は逃げるつもりだったようだけど、いずれ殺人が露見すると思ったら、怖くなったんじゃないかしら」

他人事のような口調だった。それを聞いて確信した。朝比奈は、自分の正義を絶対的なものだと信じている。大勢を救うためなら、多少の犠牲はやむを得ないと考えるあれだ。

「たとえそうだとしても、あなたはそれを黙っていた。一人の人間の命を奪っておいて、人助けだなんて開き直るな！」

ふいに目の前で火花が飛んだ。小林に硬いもので殴られたと気づくまでに、数秒かかった。頭を押さえてうずくまるのと同時に、ちくりとしたものが、腕に突き刺さった。朝比奈の顔がすぐ間近にあった。

「こんなことは、私だってしたくなかった。でも、私には救わなきゃいけない人たちがいるの」

春奈に逃げろと伝えたかった。しかし、頭が朦朧としてくる。強烈な睡眠薬か何かを注射されたようだ。

遠のいていく意識の中で、女の声が聞こえたような気がした。

「宇賀神先生！」

美雪の声のようだと思いながら、宇賀神の意識は途絶えた。


気づいたときには、病院のベッドの上にいた。猛烈な吐き気がする。身をよじると、杏子が上からのぞき込んでいた。

「気が付いた？」

「ここは？」

河口湖の近くにある民間病院だと杏子は言った。

「まる二日も目を覚まさないものだから、ちょっと心配した」

身体を起こそうとしたが、吐き気がひどくて諦めた。

「朝比奈先生はどうなった？」

「一昨日、逮捕されたわ。あなたが殴られて睡眠薬を注射された直後に、新郷さんという記者がカメラマンと二人で駆けつけて来たの」

美雪はスクープ間違いなしだとデスクを説得し、カメラマンを連れて午前中のうちに会社を出たという。カメラマンは幸い、屈強な男だった。朝比奈を取り押さえ、すぐに警察に電話を入れたそうだ。

「まったく、何をしているのやら。それが診療所の院長の仕事？」

杏子は、目の下に青黒い隈を作っていた。

「心配かけたな」

「まったくよ」

杏子はそう言うと、少し笑った。

「でも、いい仕事をしたじゃない。あの臨床研究不正事件、そして明石先生の死に、こんな裏があったなんて思わなかった。あなたが、しつこく調べまわらなかったら、朝比奈先生は、あのままきっと何人もにＤＢ－１を投与してたわ」

　宇賀神は目を閉じた。

「なあ、杏子。俺、正直なところ、彼女を止めたのが正しかったかどうか、自信がないんだ。頭では、彼女のやったこと、やろうとしたことは間違ってると理解できる。でも、気持ちのうえでは、複雑なんだ」

　脳疾患を引き起こすだけの薬ならば、断じて許せない。しかし、ＤＢ－１には、奇跡の時間を作り出すという効用もあるのだ。そして、それは家族にとっても、患者にとっても、この上なく貴重なものだったらしい。だとしたら、ＤＢ－１を悪魔の薬だと決めつけられないような気がする。

　そう言うと、杏子は肩をすくめた。

「それは、たぶん、あなたが決めることじゃない」

「どういう意味だ？」

「倫理って、誰かが決めるものではないと思ってる。いろんな人の思いや事情がぶつかりあって、落ち着くべき所に落ち着いていく。そういうものじゃないかしら。結論が出るまでには、長い時間がかかると思うけどね」

　産婦人科は、そういう問題にいつも直面している。出生前診断は許されるのか、代理出産は許されるのか。

「人間の生も死も、一筋縄ではいかないものだからね」

杏子と話していると、心が安定していく。杏子は強い。そして、賢い。だから、彼女と結婚したのだと、久しぶりに思い出した。

「この後は、新郷さんに任せておけばいいわ。彼女、なかなかいい記者じゃない。今回の問題をただの事件では終わらせないって言ってた。あの目は本物ね」

他人に厳しい杏子に評価されるとは、美雪もたいしたものだ。

「それより、何かちょっと食べてみる？　体力をつけたほうがいいわ。そうしないと、東京に搬送できない」

「食欲なんかないよ」

「食べなさいよ。あずさが首を長くして待ってる。パパは、大学病院を追い出されたダメなお医者さんなんかじゃなかった。殺人犯を追い詰めたヒーローだって」

そう単純な話ではない。でも、あずさがそう思ってくれる分には、一向に構わない。

「重湯（おもゆ）ぐらいなら、試してみるかな」

宇賀神が言うと、杏子はいそいそと病室を出ていった。

淀橋診療所が再開したのは、それから一週間後だった。インフル患者を中心に、相変わらず盛況だった。

最後の患者が出ていくと、入れ替わるように春奈がやってきた。

いつものように、勝手に院長室へ行き、指定席のようになっている二人掛けのソファに座る。

「明日、脇本教授が記者会見を開くそうです。自分の知っていることをすべて話すんですって。ＤＢ－１が、本当は朝比奈先生の成果だったことまで、言うらしいですよ」

脇本も腹を決めたのだ。すべてを告白し、脳神経外科医として再起を図るつもりなのだろう。

「新郷さんは、明日からイタリアに出張だそうです。鈴原さんの娘さんの独占インタビューだとか」

美雪は、紙面で朝比奈を厳しく糾弾していた。ただ、被験者の家族に関しては、心情を慮(おもんぱか)る論調を徹底していた。その集大成が、鈴原の娘のインタビューなのだろう。

「明石さんの奥さんからは、その後、何か連絡はありましたか？」

「いや、まだです。心の整理がついていないんでしょう」

朝比奈は、村西が明石を殺害し、それを悔やんで自殺したとほのめかしているらしい。警察のその後の調べで、明石が村西に殺されたのはほぼ確実になった。一方、村西が自殺かどうかは不明だ。村西は少なくとも失踪当初は死ぬ気はなかったと思われるため、朝比奈が彼を殺したと疑う者もいるようだ。肝心の村西が亡くなっているから、どこまで真相が解明されるかは分からない。いずれにしても、明石が過労による自死ではないという瑞枝の直感は、結局正しかった。

窓の外を見ると、昼間ずっと降っていた雨がやんでいた。窓を開けると、明石が好きだった雨上がりの土の匂いがした。

本書は講談社文庫のために書き下ろされました。

|著者|仙川 環　1968年東京都生まれ。大阪大学大学院医学系研究科修士課程修了。大手新聞社在籍中の2002年に書いた小説『感染』が第1回小学館文庫小説賞を受賞し、作家デビューする。その後執筆活動に専念する。医療問題を中心に社会性と娯楽性を兼ね備えた作品を発表している。著書には『転生』『繁殖』『誤飲』『疑医』『鬼嵐』などがある。

幸福の劇薬　医者探偵・宇賀神晃

仙川 環

2019年3月15日第1刷発行

発行者――渡瀬昌彦
発行所――株式会社　講談社
東京都文京区音羽2-12-21　〒112-8001
電話　出版（03）5395-3510
　　　販売（03）5395-5817
　　　業務（03）5395-3615

Printed in Japan

講談社文庫

定価はカバーに
表示してあります

デザイン―菊地信義
本文データ制作―講談社デジタル製作
印刷―――豊国印刷株式会社
製本―――株式会社国宝社

ISBN978-4-06-514536-4

講談社文庫刊行の辞

二十一世紀の到来を目睫に望みながら、われわれはいま、人類史上かつて例を見ない巨大な転換期をむかえようとしている。

世界も、日本も、激動の予兆に対する期待とおののきを内に蔵して、未知の時代に歩み入ろうとしている。このときにあたり、創業の人野間清治の「ナショナル・エデュケイター」への志を現代に甦らせようと意図して、われわれはここに古今の文芸作品はいうまでもなく、ひろく人文・社会・自然の諸科学から東西の名著を網羅する、新しい綜合文庫の発刊を決意した。

激動の転換期はまた断絶の時代である。われわれは戦後二十五年間の出版文化のありかたへの深い反省をこめて、この断絶の時代にあえて人間的な持続を求めようとする。いたずらに浮薄な商業主義のあだ花を追い求めることなく、長期にわたって良書に生命をあたえようとつとめるところにしか、今後の出版文化の真の繁栄はあり得ないと信じるからである。

同時にわれわれはこの綜合文庫の刊行を通じて、人文・社会・自然の諸科学が、結局人間の学にほかならないことを立証しようと願っている。かつて知識とは、「汝自身を知る」ことにつきていた。現代社会の瑣末な情報の氾濫のなかから、力強い知識の源泉を掘り起し、技術文明のただなかに、生きた人間の姿を復活させること。それこそわれわれの切なる希求である。

われわれは権威に盲従せず、俗流に媚びることなく、渾然一体となって日本の「草の根」をかたちづくる若く新しい世代の人々に、心をこめてこの新しい綜合文庫をおくり届けたい。それは知識の泉であるとともに感受性のふるさとであり、もっとも有機的に組織され、社会に開かれた万人のための大学をめざしている。大方の支援と協力を衷心より切望してやまない。

一九七一年七月

野間省一